U0644710

国韵故事汇

明湖居听书

晚清故事十六则

上海图书馆 编

生活·讀書·新知 三联书店

图书在版编目(CIP)数据

明湖居听书:晚清故事十六则/上海图书馆编.
—北京:生活·读书·新知三联书店,2017.12
(国韵故事汇)
ISBN 978-7-108-06146-1

Ⅰ.①明… Ⅱ.①上… Ⅲ.①历史故事-作品集-中国 Ⅳ.①I247.81

中国版本图书馆 CIP 数据核字(2017)第 279288 号

责任编辑 成 华 韩瑞华
封面设计 刘 俊
责任印刷 黄雪明
出版发行 生活·讀書·新知 三联书店
(北京市东城区美术馆东街 22 号)
邮 编 100010
印 刷 常熟文化印刷有限公司
版 次 2017 年 12 月第 1 版
2017 年 12 月第 1 次印刷
开 本 650 毫米×900 毫米 1/16 印张 12.75
字 数 111 千字
定 价 29.00 元

编者的话

本丛书原为上海图书馆所藏、于20世纪上半叶由大众书局刊行的“故事一百种”，其内容多选自《东周列国志》《三国演义》《水浒传》《隋唐演义》《说岳全传》《英烈传》等经典作品，并结合民国时期的语言、见解、习俗进行了不同程度的改写，既通俗易懂、妙趣横生，又留有一番古典韵味，是中华传统文化及语言的珍贵遗存。

初时，各则故事独成一册，畅销非常，重印达十数版之多。因各册页数较少，不易保存，今多已散佚，全国范围内，仅上海图书馆藏有较多品种。现将故事根据所述朝代重新整理分册，将竖排繁体转为横排简体，并修正了其中的漏字、错字、异体字，根据现代汉语语言规范对标点符号进行了统一处理。

为还原特定时代的故事面貌与语言韵味，编者仅就明显的语言错误做出修正，在保证文从字顺的基础上，尽可能遵照原文。书中所述历史人物与事件，或有与史实相出入处，也视为虚构文学作品予以保留，并未擅自修改。此外，还保留了原书中的全部插图，以飨读者。

韦昌辉力刺杨秀清 110
李秀成智取名城 119
明湖居听书 133
桃花山月下遇虎 143
白日鼠路遇老英雄 153
窑师傅两斗凤阳女 163
李禄宾斗败恶道 173
铁拐杖祖母饯别 185

目录

割耳朵小创恶霸 1
西太后计斩权臣 16
火烧武家堡 27
金田起义 41
太平军暗取永安城 52
大破武昌城 65
挖地道打破南京 78
东王破向荣 98

割耳朵小创恶霸

清朝道光年间，有个四川人，姓周名武，起初略略知道几套拳脚，在江湖上卖解糊口，后来遇到一个名师，才学成了绝大的本领。

一天，路过沙市镇，因为缺少盘费，不得已拿了一套卖解的家伙，在一个火烧过的广场上，献几套拳棍，想要观众舍些银钱。不料忽然来了两三匹高头大马，上面坐着几个凶眉恶眼的汉子，中间一个穿着一件湖色绉纱夹长衫，上套一件天青缎马褂，一条油松大辫，挽成一个大结，在马背上晃动，一顶小帽子，却有一半合在额角上。只见这人倒也生得唇红齿白，不过一双眼睛凶恶得很。他那马跑在头里，其余几个人，像是护卫他的一般。他一马当前，跑到周武围场边，向着众人高声叫道："这种武艺，哪里可以骗人家的钱？你们谁出钱，谁便是和这卖解的同党，仔细少爷来和你们算账。"这人说完话，便把鞭子在马身上抽了一下，那马便撒开四个蹄子泼剌剌地疾驰而去。那些跟随的马匹，也都吆吆喝喝，追了上去。一会儿，这几匹马都跑得无影无踪。几句话不打紧，那些四围瞧热闹的听了，兀是像发疯般，一声呐喊，便都四散奔逃，好似逃迟了一步，就要大祸临头的一般。霎时间便依旧现出一片广场，中间只剩下周武一人呆呆地站着。

周武眼睁睁地看那一班瞧热闹的人溜之乎也,只得忍气吞声,收拾收拾刀枪,装入木箱,背上肩头,回身来找客店。幸喜自己一路而来,还剩得几两银子在腰包里,也不愁一两天的吃用,且待打听得这马上的少年是个什么东西,再作道理。大凡一个人有了钱,胆量自会壮些,周武当下绝不踌躇,掮了木箱便走,才走过一条街,便见一家招商客店,大门上一方横额,上写“顺兴店”三个大字,左右两块长方形的招牌,右边写的是“安寓客商”,左边写的是“代办酒席”。周武瞧了这家客店,地方也还清洁,便大踏步走了进去。进门靠右手,便是一间账房间,一个花白胡子的老头儿,正捧着一个水烟壶在那里吸水烟。周武便把肩上的木箱轻轻地放在地下,再向那老头儿拱了一拱手道:“请问老丈,这里还有空屋子没有?”那老头儿听见了周武的声音,便抬头向周武打量了一眼,问道:“你是不是适才在那火烧坪上卖解过的吗?”周武见他认识自己,倒觉得诧异起来,忙应道:“不错,老丈适才难道也在那里瞧热闹吗?”那老头儿摇头道:“老汉适才并不在场,不过你到这沙市镇上来,也应当打听打听明白,常言道‘毒龙难斗地头蛇’,你怎么会把这里的一位太岁得罪了呢?”周武听了这话,忽然想到了适才在马上的那个少年,心里不免动了一动,道:“老丈这话怎讲?小子到这沙市镇上来,还不到半天工夫,哪里就会得罪了人?”那老头儿便摇头道:“你这个人枉为也在江湖上走走的,难道江湖上有个拜码头的规矩,你还不知道吗?你到沙市来,便该打听这沙市是谁的码头?在没有卖解之先,该去拜一次客;卖下来的钱,也应当划一部分出来孝敬孝敬,才是正理。如今,你这许多规矩都没有做到,人家自然要和你捣蛋了。”周武听了,不禁连连点首道:“请问老丈,此人是不是年纪很轻,皮肤铁青的一个削骨脸吗?但不知他姓甚名谁?还望老丈指教!”那老头儿道:“一些也不错,此人姓尚,叫作尚三虎。他自己原也没有什么了不得的本领,不过他家里养的镖客有儿百名,都是杀人不眨眼的。”周武心里盘算了一会,便有了主意,当下也就催促那老头儿道:“老丈这些话,过一会子再谈吧,此刻小子急于要落房间,准备把肚子填饱了再作道理,就烦老丈指点小子去房间里休息吧。”老头儿道:“尚三虎在沙市镇上,差不多便是小皇帝;谁敢和他违拗,谁便是和自己的小性命作对。适才因为你没有到他那里去拜码头,所以派了几个手下的人到我这里来说,如此这般一个卖解的汉子,他要是投宿到客店里来,无论哪家都不准收留。谁收留了,便和谁算账。所以我这里即使有了房间,也不能容你安歇,我看你还是赶紧离了这沙市镇的好,要是赶不上别的码头,便在破庙里面,或是树林底下,都可以安歇;比较在这沙市镇上,和尚三虎作对,都觉得安稳些儿。”周武听那尚三虎如此无理,不禁心头火发,便气吼吼地道:“好,好,他既是和我作对,我就找他去。”说罢,也就撇下那老头儿,背起木箱,回身便走。及至出了顺兴店的大门,却又哎哟了一

声道:“不对啊,适才懊悔没有把尚三虎的家里问明白了,此刻要找他去,不知道他家住哪里,也是没用呀!”周武这时心里一踌躇,脚步便慢了起来,正在心口相商的时候,忽地斜刺里来了一个像当差模样的人,向周武请了一个安道:“家爷有请。”周武见了这人,暗暗点头,想:“那尚三虎,果然放不过我,居然选派了一个当差的来请我,打量我不敢去吗?真太小觑人了,我此去第一层便可把他教训一阵,第二层也可显得我不是胆怯。”当下便向那当差的道:“好啊,我就跟你走吧!”于是当差的在前,周武在后,转弯抹角,走了也有半个时辰,才见一带白围墙,中间两扇挺大的黑漆墙门。那当差的便指点与周武看,道:“到了,就是此间。”周武留心一瞧,果然名不虚传,是个土豪的家,那气概十分雄壮。正打量之间,早已进了大门,只见大门里面一色青衣小帽,站着十几个当差的,那引导周武的便吩咐道:“这位就是爷教请的壮士。”那十几名当差的听了,忙纷纷向周武请安,弄得周武反糊涂起来,心想:“怎么那尚三虎前倨后恭?哦,大概他还要闹什么玩意儿,丢我的脸,有意这么安排的,打量我还惧怕了不成。”

大门里面,便是甬道,周武随着那当差的只管往里走。甬道尽处,便是一个月洞门,里边种着几十竿竹子,甬道在竹子中间穿了过去,里面三间敞厅,四面一色的纱窗,那竹叶映在纱窗上,都变成了绿颜色。当差的便引周武在这敞厅上坐下。周武这时却也忍耐不住，便向那当差的道："我要找尚三虎说话呢！"当差的道："正为壮士找尚三虎，所以小的特地来奉请的啊！壮士且请宽坐在这里，待小的去请家爷。"说罢，便匆匆地走了。周武没奈何，只得在敞厅上耐心等候。等候了好一会儿，忽听到橐橐的脚步声，周武怕是尚三虎来了，忙定睛细看，却见一个六十多岁白胡子的老头儿走了进来，堆着满脸的笑，向周武弯腰说道："家爷有请，待小人在前领导。"周武听他的口气，才明白这老头儿也是一个当差的，当下却又不肯跟了他就走，便唤住了那老人问道："我在此地等了好半天了，你家主人怎么不出来叙谈？却横也有请，竖也有请，难道这客厅上会客倒不好，反要到卧房里去不成？"那个老头儿见周武忽然又不肯进去，便忙赔笑道："只为家爷有病在身，不能出来迎接，只得有屈壮士进去叙谈了。"周武听了这话，丈二长的和尚，简直是摸不着头脑起来，暗想道："这样说来，他家的主人，又有些不像是尚三虎了，正不知他们葫芦里卖的是什么药？可是自己既到了这一个地步，就是龙潭虎穴，也得去窥探一遭。"便道："好，好，请你引导吧！"当下两人果然弯弯曲曲，穿过了许多房屋，才走到了最后一进，那老头儿便抢上一步，把门帘揭起，让周武走。周武便跨了进去，却见里面陈设的东西，十分精致，正是说不尽的宝鸭香温、金猊春暖。周武四下里一望，却静悄悄地不见有一个人影，心里不禁十分诧异。正要启口动问时，只见那老头儿把手指了一指道："请壮士到里边坐，家爷在里边那一间屋子里呢。"周武依言，从一口大玻璃厨后面转了过去，只见有一个少年，病在床上，形态十分憔悴。周武打量那少年时，觉得和尚三虎面貌完全不同，正在心中盘算，只见那少年连连在枕上叩首道："小弟姓江名焕文，为了一件极危险的事情，素仰老哥是位好汉，所以请老哥来，求老哥搭救则个。"说时那引导周武到里边来的老仆，也扑通一声，跪了下去。

原来这江焕文是个真正的公子哥儿，他的老子唤作江猛，在襄阳当过好几年的总兵，后来又升了提督，几十年宦囊积蓄，着实多了几文，所以在沙市镇上盖了一座房屋，卸任回来，便在这屋子里颐养天年。这江猛在五十岁的一年，才生下这位公子江焕文来，晚年得子，自然格外溺爱。那江焕文到了十几岁的时候，有了知识，觉得自己是个将门之子，如若不学几手拳脚，未免辱没了门楣，便要求他老子替他聘教师习武艺，他老子勉强选了一个教师，在家里教江焕文一些容易的武艺。当时，江猛的意思不过是这么敷衍他儿子的，请来的教师，哪里会有高明的本领？越是没有本领，越是会拍人家的马屁。他们只顾巴结饭碗，恨不得把江焕文捧上三十三天才好，一面便在江焕文跟前，说江焕文把师傅的衣钵都传授去了；一面又在江猛跟前，说少爷怎样的一学就会，一会就精，敷衍得江猛和江焕文父子俩，只是张

开了牙齿笑。读者试想，这样学来的武艺，还有一个高明的道理吗？不久江猛死了，江焕文料理家务要紧，也就没有工夫再习拳棒，便把请的教师都辞退了。

那尚三虎和江焕文原是个世仇。因为尚三虎的父亲尚得标，在江焕文的父亲江猛手下，当过把总的。有一次江猛因为尚得标弄错了一件公事，把他拖翻在地，打了四十军棍，并且还把他的前程都参革了。尚得标没了差事，便到四川投入会党，居然在会党里当起头目来。后来尚得标死了，他儿子尚三虎便继承了他老子的职务；不过记起他老子当初被江猛打那四十军棍之仇来，便全家搬到沙市，想替他死去的老子报仇。一时只恨无从下手，便从培养势力方面做起，开堂散票，居然也聚集了不少的无赖，专等机会，便好和江焕文算账。

一日，事正凑巧，尚三虎居然借了一点事情，不由分说把江焕文打了个半死，总算出了一口气。江焕文遭了这顿毒打，调治好久，只还是瘦骨支离，起床不得。那江焕文在床上，却是咬牙切齿，定要报那尚三虎的仇，吩咐家里的人，快去物色几个武艺高强的好汉来，准备大大的和尚三虎断杀一场。

这天老仆江义带了另外一名当差的，替江焕文在药铺子里撮了药回来，打从那火烧坪旁边经过，凑巧周武在那里卖解，江义便挨在人丛里瞧热闹。他见那周武的一拳一腿使出去都很有劲，当下觉得这周武是经过名师传授的，若不是路上缺少盘川也绝不肯献本领给许多外行人瞧，便不由得心中盘算："若得此人肯与我家小主人出力，那尚三虎便合该倒运了。"正在这么胡思乱想时，凑巧那尚三虎拍马而来，因为周武没有拜码头，惹动了尚三虎的气，便在马上高声喝住那些看热闹的，不准给钱与周武，众人果然惧怕尚三虎，便一哄而散。江义看在眼里不禁十分畅快，觉得尚三虎激怒了这卖解的，这卖解的决计不肯甘休，我们小主人的冤仇可以趁在里面一同报复了，当下也就闪过一旁，叮嘱那同去的当差的道："你跟在这卖解的背后，看他落在哪家客店里，便立刻跨进门去，向那卖解的说是我们少爷有请，务必死拉活扯的把他请到我们家里来，和我们少爷当面谈谈。"那当差的答应了，江义便急急忙忙回家报告江焕文。说也可笑，周武这时垂头丧气，只知道去找寻客店，想不到背后有这么一个当差的跟着，及至和顺兴店掌柜的说了一会尚三虎的事情。掌柜的因为不肯得罪尚三虎，所以没有把房间借给周武，却劝周武赶快离开沙市，免惹是非；周武听了，勃然大怒。这些情节，那当差瞧在肚里，瞧得一明一白，暗想此时若不上前奉请，万一这卖解的离开了沙市，自己回去，如何交代江义。所以趁周武出了客店大门，便赶忙抢步上前，说了一声家爷有请，满心以为周武或者还要推托，哪知周武误会是尚三虎请他的，所以竟毫不推辞跟了便跑。及至内室里见了江焕文，江焕文便在枕上连连叩头，累得江义也跪在地上，不肯起来。周武见了这般光景，摸不着头脑，只是顿足道："这算什么？这算什么？"一手便把江义扶起，又回身向江焕文道："不要闹虚文了，有话快说。"江焕文才把以前自己受尚三虎欺侮的那一番情节说给周武听，末

了,便哭着要求周武替他报仇。周武望了江焕文一眼,觉得推辞不得,只得一口答应。江焕文见周武答应了,真是喜出望外,便教快些预备酒席。

不多时,那些当差的七手八脚,调开桌椅,山珍海错,堆了一桌子。周武也毫不客气,坐在首席,狼吞虎咽,饱餐了一顿。饭罢,周武、江焕文谈了一会,看看天色将近二更时分,四下人声都寂静了,周武便霍地跳起身来道:“是这时候了,不免到尚三虎家里去走一遭。”说着,便教江义在适才带来的那木箱里,拣了一身夜行衣服出来换上,腰间插了一把单刀。江焕文见周武要到尚三虎家去,心里不禁又惊又喜。喜的是,此去可以替自己报仇雪恨;惊的是,尚三虎家里着实有几个奇才异能之士。恐此去万一有什么差错,自己便实在有些对不起周武,只得小心翼翼地说道:“此去须要留神！那尚三虎家，就在这沙市镇向西一条市街尽头的地方。尚三虎家里的房屋，十分高大，四面都是河，白天把吊桥放下，晚上便吊了起来。过了吊桥，便是一带围墙，那围墙也有一尺多厚，像城墙般。四面居然就有四座敌楼，晚上便有人在那里按着时辰，鸣金击鼓……”周武不等江焕文说完，便截住了他的话头道：“是了，只要知道尚三虎那厮家里的方向，便不会再赶错道路了。至于尚三虎家里护庄河怎样阔、围墙怎样厚，都不必去管它，任凭它铜墙铁壁，我有本领可以把它踹成平地。”说罢，便辞江焕文、江义主仆走出室外，只听那周武说了一声“我去去就来”，人早已蹿上了屋脊，晃一晃便不知去向。那时正值八月中旬，月色皎洁，江焕文主仆两人，看得真切，不禁点头赞叹。

且说那周武一路穿墙越屋，出了沙市西街，那尚三虎的庄子，已经望得见了，果然建造得十分坚固，四面的护庄河，就有二丈多宽。天边一轮明月，映在水面上，只见白茫茫的一片。周武到了河边，绝不踌躇，只纵身一跳，便跳了过去。周武留神细看，见那所屋子，确是高大异常，心里呸了一口，想这小子好威风，只要瞧他盖的屋子，就知道他在这沙市镇上，俨然如小皇帝般。自己此来，正好儆戒儆戒他。倘若这厮从此觉悟了，改过自新，做个好人，也未尝不是地方之福咧。他正在这么想，身子却早已到了那高楼的屋上。只见他在屋檐上使了一个鹞子翻身的招式，上半身便从瓦楞里倒挂下来，留心窥探时，只见楼上兀是灯烛辉煌，那白天看见的尚三虎，却科头跣足，坐在一只虎皮交椅上。周武见了不由得怒从心上起，恶向胆边生，便从腰间掣出刀来，就倒挂的形势，双足一蹬，身体早已到了屋子里。那尚三虎见廊檐上飞下一个人来，手中又执着明晃晃的单刀，心里就知道不好。幸喜他自己是练过把式的，正当千钧一发之时，便随手提起了那把虎皮交椅，权当兵器，来招架周武的单刀。被周武的刀尖轻轻地一挑，那把交椅在尚三虎手里，便把握不住，早一声响亮，飞出去有五六尺远。尚三虎见不是路，便一个箭步，想抢出门去喊救，只听周武说声："哪里走？"飞起腿来，在尚三虎腰眼里着了一下。尚三虎也就站立不稳，扑通一声，便仰面朝天躺了下去。周武哪里肯放松一步，赶上前去用脚踏住了尚三虎的前胸,喝了一声道:“你认得你老子就是今天在那火烧坪上卖解的吗?今天受了你这厮的羞辱,晚上来,不为别的,只借你两只耳朵用用,好以后在江湖上行走。”周武说罢,便手起刀落,把尚三虎左面一只耳朵,血淋淋地割了下来,用刀尖挑了,向尚三虎脸上晃了一晃道:“告诉你这小子,老子行不更名,坐不改姓,周武便是。此刻住在江焕文家里。我今天割了你两只耳朵,你要是好汉,不妨来姓江的家里找我。我这番来,一来是报白天火烧坪上之仇,二来便是替江焕文捎一个信给你,教你往后不要小觑了姓江的。”说时便想再来割尚三虎右边的耳朵,那刀锋离开皮肤不满一寸,眼看就要割将下去了,冷不防背后飕飕一阵冷风。周武便知道这是暗器,忙低下头来,原来是一只金钱镖。周武见了这镖,知道尚三虎手下的那些打手,必然得了信息,所以前来救应,便撇下尚三虎,回身来准备厮杀。只听得院子里人声鼎沸,那燎球火把照耀得如同白昼一般。一个穿着密门纽扣、短衣窄袖,手里拿着一根铁棍的人,早抢入屋子里,抡起铁棍,使了一个五雷盖顶的招式,向周武头上打来。周武忙用刀架住,两个人一来一往,便在屋子里战了有四五个回合。周武这时心里嫌这屋子里地方太小,不能施展生平的本领,况且自己此番来,只要给一点苦头给尚三虎吃,便算目的已达,要是这么厮杀起来,他们人多,究竟众寡不敌,不如觑个机会,走为上着。当下便觑准了那人的破绽，晃了一刀，趁那人招架时，便跳出门去，翻身上屋，三跳两纵，早就翻过了四五重屋脊，又跳出了尚家庄的围墙，瞧不见后面追赶的，便跳过河去，回到江家歇息。

西太后计斩权臣

清朝道光末年，叶铭琛做广东巡抚，因为一点小事，英国攻陷广州，把叶巡抚捕到印度。清政府一时无法，只得去向英国议和。草约虽然议定，并未签字。一直延到咸丰十年的夏天，英国方面，忽派一位名叫阿尔金的使臣，带同两位参赞，一个名叫巴夏礼，一个名叫鲁恺，坐了本国兵轮，直到天津，指名要换正式和约。不料，朝臣很缺世界知识，对英国使臣说道："和约乃是草稿，只要未曾正式签字，本可随时更变。"英国使臣阿尔金听了此话，当然不肯承认。可巧那时的僧格林沁亲王，因为曾将伪威王林凤祥剿灭，自认是个天下无敌大将军一般；咸丰帝本又重视他的，便将此事和他商议。僧亲王马上拍着胸脯说道："皇上不必多烦圣虑，奴才只率本部旗兵，去到天津把守。英国使臣，倘若见机，趁早退去，那是他的便宜；倘有一句多言，奴才不是夸口，只要奴才略一举足，就能杀他一个片甲不回。那时才叫这些洋鬼子知道天朝的兵威厉害呢！"当时咸丰帝听了僧亲王几句狂妄的话，顿时大喜特喜，马上下了一道谕旨，就命僧亲王去到天津，督同直隶提督乐善，对于英国使臣相机行事。

僧亲王一到天津，立即发令给那提督乐善，命他去守大沽口的北炮台，僧亲王自己去守南炮台，并将所有可以进口之处，统统埋了地雷火炮。在他之意，以为这等军事布置，一定可制英人死命，不防英人比他还要机警。当他正在布置军事的时候，早有暗探派至，把他一切内容，打听得明明白白的回去报告。僧亲王自然睡在鼓里，还指望英舰入口，他便可以大得其胜。一直等到次日黎明，方见一只英国兵舰，随带几只小火轮，以及不少的舢板船，正从水面缓缓驶来。僧亲王本已等得不耐烦的了，一见一缕浓烟直冲半空，便知英舰已近。正待下令开炮，忽儿那只英舰，不知怎样一来，冲入一段浅滩之处，陷了下来。僧亲王反又止住开炮，对着众臣说道：“此舰既已陷入浅滩之处，难道还会插翅飞去不成？与其开炮打死他们，不如派了我们的船只，前去将它团团围住，活捉洋鬼子，解到北京献功，自然比较将他们统统打成粉碎,更有面子。”僧亲王的说话未完,忽又瞧见那只兵舰渐渐地活动起来,一个不防,那只兵舰,早似燕子般驶了进口。僧亲王直到那时,方知中了英人之计,连连地这里调兵,那里开炮,已经不及。再加英人本已暗暗地四布精兵,一面派兵绕过北塘,接连占了新河、塘沽一带地方,一面又从陆路四处攻入。那时这位僧亲王当然急得上天无路,入地无门,还不敢奏知咸丰帝,怕得夸口之罪。幸亏那位乐提督,虽然也是一位旗人,总算是个军功出身,只好不要命地督率手下旗兵,在那北炮台上,一停不停地开着火炮。这样一来,方才支持了几天。七月初五那天的黎明,忽又来了一员,英国使臣阿尔金的参赞鲁恺,他见直隶提督乐善死守炮台,英兵一时不能进展,便向阿尔金那里,自告奋勇,亲率兵弁,要与乐善一战。阿尔金自然一口允诺,鲁恺即率精兵三千,亲自拿千里镜照着乐善所处的地方,瞄准大炮,当下只听得轰隆咚的一声,可怜那位直隶提督乐军门,早被一架无情火炮,打得肢体横飞。手下兵士,一见主将阵亡,自然一齐溃散。僧亲王吃此败仗,虽然不敢奏上,可是咸丰帝已经知道,忙下了一道上谕,命僧亲王从速退守通州,以保北京,又召朝臣,垂问可有别样良法。那时怡亲王载垣、户部尚书端华、内务府总管兼工部左侍郎肃顺,三位军机王大臣,一同奏称,说是大沽口既失,天津已无门户可守,英兵旦夕可占天津。我国南方正有军事,勤王之兵,万难骤至。与其长此支持，不若下谕召回僧王，以示停战修和的决心。再派几位能言善辩的大臣，去与英使重申和议，英使若再不允，皇上再加一点天恩，不妨赏使他们百十万的银钱，这件和议，断无不成之理。咸丰帝听了三人之奏，踌躇半日，方始微喟着说道："事已至此，也只有这般办理的了！"当下派大学士桂良充任全权议和大臣，去与英使阿尔金接洽。英使阿尔金见是我国的宰相，方才开出三条条件：第一条，是增赔兵费若干；第二条，是准许英国人民自由在天津通商；第三条，是酌带兵弁数十人入京换约。桂良见了三条条件，件件都是难题，只好飞行奏知咸丰帝。咸丰帝一见三条条件，气得顿脚大骂。当下一面召回桂良，一面又命僧亲王再从通州进兵；并用六百里的加紧牌单，廷寄外臣，入都勤王。

谁知僧亲王只知满口大言，一见洋兵，除了溃退之外，一无法子。外面勤王之兵，急切之间，又不能迅速到京。再加一班太监宫女，日日夜夜，只把洋兵如何骁勇，炮火如何厉害的话，有意说给咸丰帝听。咸丰帝一想没有法子，只好自己做主，下了一道朱谕，命人预备军马，要到热河地方，举行秋狩大典。此谕一下，京中百姓，顿时大大恐慌起来。大学士桂良听得风声不好，赶忙入朝，奏请收回举行秋狩的成命。咸丰帝听了大惊道："卿所奏称，请朕收回成命一节，敢是在朝诸臣，都不以此事为然吗？"桂良闻谕，只好把京内百

姓慌乱一事，详细奏明。咸丰帝没法，只得又下了一道上谕。岂知此谕一下，京中百姓，虽然有些安静下来，可是洋兵攻打张家湾更急。那时的怡亲王载垣和端华、肃顺三个，已经有了深谋，只望咸丰帝去到热河，离开京中朝臣，他们便可授着大权；当下又去奏知咸丰帝还是一面议和，一面驾幸热河，以避危险为妙。咸丰帝正无主见的时候，马上准奏，即命怡亲王载垣、大学士桂良、军机大臣穆荫去到通州，再与英使议和。阿尔金得到机会，便派巴夏礼前来协商，可是桂良等当夜把巴夏礼捉了进京。阿尔金闻信，便亲自督同鲁恺力攻通州。咸丰帝急得毫无办法，正待命恭亲王去与英使议和的当口，又得两道奏本。一道是九门提督奏称鲁恺所率的洋兵，已近京城；一道是左都御使奏称洋兵不能理喻，可否仰请驾车立即巡狩热河，再派大臣议和。皇上见了两道本章，一面即任恭亲王为全权议和大臣，并将巴夏礼等，以礼送还英使；一面带领怡亲王、端华、肃顺以及几员亲信的军机大臣，并东西二妃，一齐漏夜出狩热河。

且说恭亲王素来忠心，他虽奉了全权议和大臣之命，却要送走咸丰帝离京后，始肯去向英使议和。谁知这样一来，自然又耽误了一两天，英使阿尔金，生恐巴夏礼遇害，竟把京城攻破，直扑宫廷，首先就把圆明园一火而焚之。在那洋人火烧圆明园的当口，咸丰帝才离北京未久。懿贵妃那拉氏——即后来的西太后（以下径作西太后）——那时还是一位妃子的资格，未来的同治帝（以下径称同治帝）尚须哺乳。咸丰帝因为只有这点骨血，自然十分重视，平时只命皇后钮祜禄氏——即后来的东太后（以下径作东太后）——管理，所以东太后的銮驾，是和咸丰帝一起走的。西太后稍后一点，只得坐了一辆破车，跟着前进。走到半路之上，她的坐

车，实在不能再走，正在进退维谷的当口，忽见肃顺骑了一匹快马，也在追赶咸丰帝的车驾。西太后一见了肃顺，慌忙把他唤住，要他替她设法换辆较能赶路的车子。哪知这位肃顺自恃宠任，又正值危急之秋，一时不甚检点说话，便气哄哄地用他手上马鞭子，向着西太后一指道："一个娘儿们，须得识趣，你现在能坐了这辆破车子，还是靠着皇子的福气！你可知道留在京中的那班妃子，真正上天无路，入地无门吗？"肃顺说完这话，早又加上一鞭，如飞地向前去了。当时西太后瞧见肃顺对她那般无礼，自然记在心上。及到热河，咸丰帝既愁和议难成，又急南方的乱事未靖，不久就得重病，所有朝政全是怡亲王和端华、肃顺三个做主。怡亲王原是一个傀儡，端华又自知才具不及肃顺，当时的政权，大家虽知操于怡亲王、端华、肃顺三个之手，其实是都由肃顺一个人做主。

且说当时咸丰帝知道南方军事，是心腹大患，所以忍痛去与英使议和。及至和议成后，恭亲王就请圣驾回銮，东西两太后，也是主张从速进京。无如咸丰帝一因病体已入膏肓，难以再事劳动；二则回到京里，眼见宫廷碎破，反觉徒增伤感；三因怡亲王、端华、肃顺三人，生怕咸丰帝回京，灭了他们的政权。有此三个原因，咸丰帝却延至七月十六那天，便死了。当咸丰帝弥留之际，东太后为人长厚，犹未知道怡亲王、端华、肃顺三个人的深谋。西太后因与肃顺业已结怨,故在暗中留心肃顺的短处,及见咸丰帝势已无救,急抱着同治帝,问着咸丰帝道:“佛爷倘若千秋万岁之后,何人接位?”咸丰帝目视同治帝道:“自然是这孩子接位。”西太后自闻此诏,她的心上,方才一块石头落地。后来咸丰帝宾天之日,即是同治帝接位之时。但是两宫新寡,同治帝又在童年,一切朝政,全归怡亲王、端华、肃顺三人主持。余外虽然尚有几位大臣,也都是他们三人的心腹,当然是与他们三个一鼻孔出气的。东西两宫,瞧见情形不好,便主张扶了梓宫还京。他们三个故意迁延,不是说京中的皇宫未曾修好,不便回銮,便是说沿途的盗匪很多,恐惊车驾。其时西太后已经瞧出怡亲王、端华、肃顺三个,要想谋害两宫,以及幼主,推戴怡亲王即位,便暗写一诏,密遣御厨司膳安贵,漏夜入都,去召恭王。恭王奉诏,也不动声色,带领一百名神机营的兵弁,赶到热河。不过到了热河,对于怡亲王、端华、肃顺三个面上,并未提起奉诏之事。当时肃顺便怪着恭王道:“六爷您怎么胆大,来到此地?京中没人主持,您可忘了不成?”恭王连连地赔笑着:“您的话不错,皆因大行皇上既已宾天,手足之情,不能不来磕几个头,吊奠一番,马上回京就是。”恭王说着,又求肃顺等人,带领入见东西两宫。肃顺当时因见恭王对于他们尚觉小心,不疑有他,且和恭王开着玩笑道:“老六真正教人麻烦,您和东西两宫,本是叔嫂,您要进见,就去进见得,您何必拉我们陪您进去?此刻尚早,您

就去吧，等得见过出来，我们三个还要请您吃便饭，不能不赏光的。”恭王听说，连连含笑答道：“一定奉扰，一定奉扰。”恭王说完，便去进见东西两宫。西太后当下一道密诏，叫他保护同治帝回京。

恭王当时见了那道密诏，自然遵旨办理。怡亲王、端华二人，急去问肃顺道：“两宫既要老六保护入都，我们怎样对付？”肃顺很坚决地答道：“照我主意，就此拿下老六，并将两个寡妇、一个幼儿，一同结果性命，就请王爷即位。我自有办法，对付天下臣民的。”怡亲王吓得乱摇其手，说道：“这事太险，我干不下。”肃顺就气哄哄地答道：“王爷不干，将来不要后悔！”怡亲王听说，又不能决。他们三个正在解决不下的当口,恭王已经大张晓谕的,定了日子,护送两宫和皇上进京。肃顺匆促之间,也没什么办法,只好同着怡亲王、端华三个,护送梓宫随后入京。哪知西太后真是机灵,一到半途,她便同了东太后以及同治帝暗暗地从间道入都。等得肃顺等人知道其事,要想追赶,业已不及。

两宫到京,即以同治帝的名义,下一道上谕,宣布怡亲王、端华、肃顺三人,如何如何不臣,如何如何跋扈,着恭亲王会同朝臣,严行治罪。当时怡亲王、端华二人,先到京中

一天，入朝之际，恭王同了众朝臣，就命怡亲王、端华二人，跪听旨意。怡亲王、端华二人非但不肯下跪，且说："我们赞襄政务王大臣，尚未入宫，此诏从何而来？"他们的意思，说两宫和同治帝没有下上谕的权力。那时恭王已经调兵卫宫，对于怡亲王、端华两个手无寸铁的人，自然不再惧惮。一见他们竟敢抗旨，马上命人拿下，押交宗人府看管。恭王即把怡亲王和端华二人发交宗人府去后，便去入宫奏知。东西宫又下一道谕旨，即派四十名校尉带了谕旨沿途迎了上去，去拿肃顺。次日，便将肃顺拿到，即与怡亲王、端华二人，一同正法。

火烧武家堡

清朝道光时候，广东花县地方，出了个英雄，姓洪，名秀全。他因为看到政治腐败，官吏虐民，暗暗和杨秀清、冯云山、萧朝贵、韦昌辉、秦日纲、石达开、曾玉珩、洪大全一班人，结为同志。在广西桂平县的金田村，设立了一个保良攻匪会，聚集了几千个人，在那里日夕操练，等候机会起事。恰巧这时广西浔州直隶州知州知道桂平县的富豪，第一个算的是韦昌辉的父亲韦元玠，存心要想在他家弄点钱。听说韦昌辉在乡下立了个保良攻匪会，就借题发挥，下一道札子给桂平县，饬令把韦昌辉抓了。桂平县知县接到这道札子，自然不敢怠慢，立刻派了通班捕役把韦昌辉捉拿了来，收禁在监里。

他的父亲韦元玠自然不能坐视，便亲自带了银子，上桂平县城去，想设法把昌辉释放了。这桂平县的知县也是贪赃枉法的惯家，韦元玠又是桂平县的首富，就口馒头哪有肯不吃之理？只因这件公事，是奉着浔州的札子，才这么办的；要放韦昌辉，必得要有了浔州的命令才行。所以韦元

玠走了许多门路，丝毫没有效果。最后知县得了韦元玠二百两银子，才把这番情节告诉了他说："你不如赶到浔州设法去，只要浔州说一声放，我们便好把韦昌辉放了。要是浔州衙门里不设法疏通好了，就在此地花一辈子的钱也还没用。"韦元玠听了，才恍然大悟，便连夜动身往浔州而来。可笑那浔州的知州，自从教桂平县拿了韦昌辉之后，早好似渔人般把网儿高高地张了起来，专等鱼儿来往他网里钻。自然韦元玠托人前去打点，一拍就合。那知州坐定要五千银子，中间人来磋商，教他减轻些，也是没用。韦元玠究竟儿子要紧，也就顾惜不得银子，只得把五千两银子一文不少地都兑付给了那知州。常言道:“得人钱财,与人消灾。”浔州的知州便一道公文,教桂平县就把韦昌辉释放。韦元玠得了这个消息,忙不迭地又赶回桂平来打点。那桂平知县明知道是浔州衙门里做的手脚,一来浔州知州毕竟是自己的上司,他要怎样便怎样,须不能和他违拗;二来这韦元玠也是个知情识趣的人,他不但在浔州花了钱,在桂平县知县方面也孝敬了一笔银子。桂平县知县用了韦元玠的钱,自然顺水推舟,把韦昌辉释放。当下韦昌辉和韦元玠俩从县衙里出来,韦元玠不免又拿出许多钱来把桂平县里上自师爷起下至胥吏止,一个个都开发过了。

哪知韦元玠的钱还是没有用得普遍,中间却忘了一个人。你道这人是谁?原来和桂平县知县同城的,还有一位武官,这人姓李,名唤殿元,是个副将。为人性情暴烈如火,

又爱财若命。平日不但专事克扣军粮，以少报多，还时常要插身干预民间的讼事。人家知道他的脾气，便随意送他几个钱，他自会替你找知县说话去。知县要是不答应时，他竟会拍台拍桌大骂起来。这一次韦元玠替韦昌辉打点浔州和桂平县，两下里所花的就有上万银子。也不知是哪个嘴快的人，去李殿元跟前献殷勤，把这事情一五一十告诉了他，又问他道："韦元玠花了这么多的钱，但不知你老人家这里孝敬了有多少？"李殿元暴跳如雷道："那老死囚小死囚俩竟自拣佛烧香，老子这里却一文都没有花，未免太瞧不起老子了。此刻可惜被那知县把小死囚放了，否则拿我的名片去，可以立刻把那小死囚提到营里来，结结实实地办他一下子。本来这种反叛，地方上的文官可以办得，我们当武官的难道就办不得么？那老死囚不要门缝里瞧人，把人都给瞧扁了呢！"李殿元说完了这一番话，那个嘴快的人冷笑道："你老人家说这个话，不免是放马后炮了。其实这时候韦元玠父子还只走到一半路，骑了马加上一鞭，可以追得着他们。那时间也可以教他们瞧瞧武官的厉害，免得由他们只认识知县，不认识副将咧！"李殿元那样霹雳火箭的人，如何经得起这种冷言冷语，听了便一叠连声催备马。他手下的人顿时就鞍辔齐全，牵过一匹马来。李殿元翻身上马，只点了有五六名亲兵，一律教他们骑在马上，七八匹马抖一抖缰绳，紧一紧鞭子，那二十几个马蹄便宛如追风泼雪般，尘头起处，

径自往韦昌辉去的那条路上追上去了。

这时凑巧韦元玠父子也是骑的马，他们以为一天星斗，早已烟消火灭，所以只管大模大样地揽着鞍辔，缓缓而行。他们哪里想得到平地风波，突然间会钻出一个李殿元来，因为用不到钱，所以竟亲自带了兵丁来追赶他们呢？说时迟那时快，鸾铃响处，便有七八匹快马追了上来。马上的人又高声叫道："韦昌辉慢走。"韦昌辉不知就里，还当是哪个熟识的人招呼他，因此也就把缰绳勒定。正待开言动问时，谁知那几匹马上，霎时间便跳下五六名彪形大汉来，好似鹰拿燕雀一般，把韦昌辉父子轻轻地只一提，便从马上提了下来，抛向地上。吆喝一声，从腰间解下麻绳来，把韦元玠和韦昌辉父子俩反绑着两手，牢牢拴定。李殿元用鞭梢在马上向前面一指道：“且把这两个死囚，牵向前面有房屋的地方审问去。”手下的亲兵轰雷也似答应了一声。原来相隔不到一百步路，便是一带粉墙，里面的房屋十分高大，像是一个庙宇的模样。当下李殿元也不管三七二十一，带了手下的亲兵，簇拥着韦元玠父子，便投这所在而来。及至走近了看时，只见大门上面有一方横匾，写着“韦氏宗祠”四个大字，原来就是韦昌辉族下供着祖宗神位的祠堂。李殿元本是个武夫，原识不了几个字，他也不知道这所在便是韦氏的宗祠，所以勒住缰绳，跳下马来，大踏步走到这屋子的门前，

举起手里鞭子，敲得那大门一片价响。良久，才见一个看守祠堂的人连连打着呵欠，出来开门。见李殿元是个做官的模样，便侧着身体，让这一伙人进门去。这时韦元玠父子便不约而同向着那看祠堂的瞧了一瞧。看祠堂的不免吃了一惊，心想："这分明就是我族下老爷少爷呀，如何被这一伙人捆绑到这等模样？瞧老爷少爷的眼锋，好像是要我设法去解救他们的一般，我哪能见急不救，倒要相机行事咧！"那李殿元却全不在意，走向大厅上，便把厅门一脚踢开。手下的亲兵早七手八脚，就在当地设立起公案来。李殿元方才坐定，却不道倏地从外面走进一个头戴红缨大帽，像是当差模样的人来，手里擎着一份手本，向着李殿元打了一躬道："敝上请老爷的安。"李殿元接过了手本，问那旁边的一个亲兵道："你来瞧瞧，这是谁的手本呀？"亏得那亲兵倒反识得几个字，看了一看道："禀老爷，这是本地一个巡检，叫作张镛的。"李殿元便教快请，一会儿，果然有一个削瓜般的脸儿，嘴唇上有十几根鼠须，头戴金顶，身穿箭袍马褂的人，踅了进来，向李殿元请下安去道："不知驾到，有失远迎，请恕罪！"李殿元便也哈了哈腰，教亲兵们看座，就请张镛在自己下手坐定。李殿元这时怒气冲天，也来不及和张镛讲话，只叫快把韦元玠父子推上来。左右亲兵连推带搡，便把韦元玠父子推在当地，喝声跪下。韦元玠父子没奈何，只得跪了。李殿元这时只把手掌拍着桌子，拍作一片声响道："我把你们这些瞎了眼的狗子,今日才知道老爷的厉害了吗?孩子们,快把韦昌辉拖下去,替我结实地用鞭子抽。”亲兵答应了一声,便不由分说,把韦昌辉拖翻在地,脱去了上身的衣服,用马鞭子向他背上一五一十地抽将下去。抽了才几十下,那韦昌辉的背上已是由青而紫,由紫而红了,霎时间也就皮开肉绽,鲜血横飞。韦昌辉这时索性置生死于度外,所以咬紧牙关闭着眼睛,极力地忍耐着,连哼也不哼一声。韦元玠在一旁看了,却心如刀割。

李殿元因为韦昌辉不肯求饶,越发把火气提了上来,只是捶台拍桌地叫结实抽。正在不得开交的时候,忽听一声发喊,这韦氏祠堂里顿时便挤进一百多个乡下人来,手里一律拿着长香,向着李殿元双膝跪倒道:“这位韦家少爷在乡下广行善事,我们谁不知道他是个好人,只求老爷把他放了,我们这一方的百姓都感恩匪浅!”那李殿元的脾气是再也刚愎不过的,平素每逢他发了脾气,只能听他慢慢价自行把火气熄灭下来;要是劝他一劝,便越发劝得似火上添油般,所以见了这副情形,那气却格外的大了起来。只见他倒竖双眉,圆睁两眼,大喝一声道:“你们好大胆,竟敢聚众要挟官长,目无法纪,知情识趣的便赶紧回家去,安分营生。若是不知进退,惹起了我的性子,便把你们一起拿来,和韦元玠父子一同治罪!”李殿元说话的时候,那些乡下人已是愈聚愈多。后来的许多人手里既没有拿着长香,见了李殿元也并不跪倒，只直僵僵地立着瞧李殿元说话。这时立着的可比跪着的多了两三倍，一总也有了四五百人。李殿元本想用言语把乡下人吓退的，哪知乡下人倒都是些不怕死的，听了李殿元的话，人丛里偏有人哼哼冷笑道："你拿了姓韦的不算，还要拿我们吗？我们便跟你到桂平去也好，只怕你们桂平县的监牢都要被我们挤满了呢！"一个话声未绝，便又有一个大喝一声道："他放，便罢；不放时，便请他尝尝我们拳头的滋味。"这句话一说出来，顿时便一唱百和，大家摩拳擦掌，准备来劫夺韦元玠父子。前面跪着的人也都把长香丢了，立将起来，喃喃地骂道："敬酒不吃，吃罚酒，他不要面子，也是没法。"这时人丛里，便好似起了一阵怒潮。李殿元一瞧样子，知道不对，看来那些乡下人真的要动手了。自己就是浑身本领，可是双手不敌四手；自己手下，又只有六七名亲兵。他们乡下人却要多了一百倍，如何能和他们抵抗呢？李殿元脾气虽大，到此地步，心里可也有些慌了，只得委委屈屈教把韦元玠父子放了，自己便和张镛俩由大厅后面逃出了韦氏祠。这时一众乡下人见了那文武官员，究竟还有三四分惧怕，巴不得李殿元把韦元玠父子放了，便争着来慰问，也没有工夫再管李殿元和张镛的踪迹了。所以由他们打从后门逃走，并不追赶。只是围了韦家父子问长问短，正在难解难分的时候，忽地有人一声怪叫道："你看桂平城里，派了兵马救应来了，远远地不是有一彪军马吗？"

众人依言望去，果然远处烟尘蔽天，估量上去，就有一千多人，也有骑马的，也有步行的，隐隐约约又有些旗帜兵器之类，映在太阳影里闪烁生光，风驰电掣而来。这些乡下人见了，不免变了颜色，有的便搭讪着想脚底抹油，溜之大吉。转是那韦昌辉一面穿衣服，一面却止住众人道："你们不要慌，这条路不是桂平到这里来的大道，也许是旁的地方军马由此路过，却也不干我们的事。"众人方才定了心，哪知这一彪军马却不到别处，径投韦氏祠而来。走得近了，便现出一面大旗来，上面端端正正写着"保良攻匪会"五个大字。为头一员大将，横刀跃马，却是萧朝贵当先。韦昌辉见了萧朝贵，不觉大喜，便上前叫道："萧大哥如何来得这般快?"萧朝贵见了，便也在马上俯身问道："韦大哥，没有吃苦吗？小弟听了你宗祠里那个看祠堂的人报告，急得什么似的，忙点起一千多名孩子，脚不点地地赶将来了。但不知姓李的那厮，到哪里去了?"韦昌辉定睛细看时，果然见萧朝贵马后一人跑得满头是汗，却正是宗祠里看守祠堂的那人，一面喘气，一面说道："这许多百姓，也是小人去招呼来的。小人又怕那姓李的发出蛮劲来，所以赶快跑到金田村去报告了萧老爷，前来救应。"韦昌辉听了，便背着身子，撩起衣服，给萧朝贵看道："那厮如此狠心，竟把小弟鞭得这等模样。"萧朝贵见了，在马上咬牙切齿道："那个狗官，现在逃到哪里去了?"韦昌辉还没回答，旁边一个乡下人把手一指道："前面有一座庄院,叫作武家堡,那厮想是逃向武家堡躲避去了。”萧朝贵便拍了拍马头道:“我且寻这狗头厮杀去。”说罢,撇下韦昌辉,带领手下人马,径自去了。韦昌辉连声叫唤,教萧朝贵不要去。萧朝贵哪里肯听,拍马便往武家堡而来。

且说那武家堡的主人,唤作武朝显,也是一个武官,在湖南全州当都司。因此李殿元记起了同僚的这一点交情,所以带了张镛和一众兵丁,飞也似来到他家庄上躲避。他也想不到萧朝贵来得这么快,以为众百姓是乌合之众,估量他们绝不致敢和官厅为难的。自己在这里站一站脚,便好回到城里去,再想个摆布韦家父子的方法,也还不迟。这时武朝显的封翁听说是本地的父母官,又是儿子的同僚,倒也不敢怠慢,忙着接进堡中,亲自款待。李殿元正在诉说他一番道理时,忽听得堡外喊杀连天,忙慌了手脚道:“老伯,大事不好!”那封翁道:“不要慌,我们这里堡垒坚固得铁桶相似,父台尽请放心。”说罢,便吩咐庄客,把堡门关了,大家上来把守,凭他来多少人马,只是置之不理便了。布置停当,那萧朝贵已是横刀跃马而至,指着堡门大喝一声道:“告诉你们一声,老子便是保良攻匪会里的萧将军,奉了军师杨秀清之命,来捉那个姓李的狗官。你们若把那姓李的狗官献将出来,万事全休;如若不然,惹老子发起狠来,便把你武家堡踹成平地。”萧朝贵说完了话,满以为武家堡总该大开堡门迎接自己的了,所以只是伸头探脑地等候着。哪知等了半天,毫无动静,不觉发起火来,忙传下令去,吩咐进攻。手下的人便发一声喊,向堡门口冲来。谁想堡上也是一声号令,滚礌木石如雨点一般。不但堡门没有打开,反倒打伤了自己几个手下的弟兄,急得萧朝贵只是咂嘴咂舌地没做手脚处。幸亏萧朝贵粗中有细,当下就勒住马头,向后退了几步,把武家堡四面一瞧,顿时计上心来,下令教部下退下两百步路,团团地把武家堡围困起来。又派了人四下去寻觅火种,吩咐五百名弓箭手,一齐爬向武家堡西北角一座小山上,把火种射到堡中去。

这时刚值十月初旬,天上微微地刮着西北风,萧朝贵部下占的地位正在上风,就顺着风势不断地射去。更兼广西地方,因为连年旱灾,所以屋庐房舍都干燥到了极点,自然容易着火。那一阵子火箭射到武家堡去,着在房子上,顿时便哗啦啦地烧将起来。武家堡的庄客自以为堡垒异常坚固,简直是铜墙铁壁,哪里想到萧朝贵竟会用起火攻来,所以见房屋着了火,早就慌了手脚,便争先恐后地提了水桶来救火,再也没人顾到把守寨门了。萧朝贵见堡中火起,便下令进攻,自己匹马当先,使开一把大刀,也不消三两刀,便把堡门打开。这时萧朝贵宛如发了疯的一般,只见他逢人便杀,手下的人也都呐喊助威。这时救火的庄客想回身来抵御时,却又措手不及,一个个做了刀头之鬼,直杀得尸横遍地,血流成渠。萧朝贵一路舞动大刀,便杀向武家庄院而

来，见一个劈一个，见两个劈一双。刹那间，便把武家老小杀得干干净净。便又四下寻李殿元时，哪里有半点踪迹，只在柴堆里拖出一个巡检张镛来，跪在地上，只是向萧朝贵叩头，口称爷爷饶命。萧朝贵问他李殿元到哪里去了，张镛便道："他趁众人慌乱之时，夺门逃走了。自己是个文官，逃不快，所以才躲在柴堆里。只求爷爷饶了小官一条狗命，来生结草衔环，报答你爷爷！"萧朝贵冷笑道："等不到来生，今生便须结果了你。"说罢，手起刀落，把张巡检的脑袋切下来，提在手里，重又翻身上马。这时他手下的人纷纷都割了首级来献功。萧朝贵检点人数，只死了十几个人，总算是大获全胜。当下便吩咐把武家堡索性放起火来，全部都烧了。然后催动人马，回到韦氏祠去，会齐了韦昌辉，并马回金田村而来。

韦昌辉问知萧朝贵杀了张巡检，并杀了武氏一家，只急得在马上埋怨萧朝贵，说他这祸闯得更大了。萧朝贵却只是傻笑道："管他呢，祸闯得越大，我们金田村便可起事得越快，省得闷在肚子里，把肚子都闷破了。更兼杀人杀起了兴，连我自己想把大刀收住，都还收不住呢！"说得韦昌辉也笑了。

金田起义

话说清朝道光末年，广西保良攻匪会萧朝贵为救护韦昌辉，杀了巡检张镛和武朝显全家，又烧了武家堡。韦昌辉知道他祸闯得不小，当然不能轻易了结，当地的乡下人因为救护自己，才闹出这样一场祸事来，自己哪里可以忍心看他们被官兵洗剿，不以德报德呢？

因此，便传下言语去，教那些乡下人于一两日内，赶紧到金田村来避难。

且说韦昌辉、萧朝贵催动大军，回金田村而来。杨秀清、曾玉珩、洪大全三人，迎着韦昌辉慰问了一番。萧朝贵便提着张巡检的人头，向杨秀清脸上一扬道："杨大哥！你瞧我老萧杀了这厮，功劳簿上便该上我的第一功咧。"杨秀清大怒道："我只教你去救护韦兄，不曾教你去杀人。你不奉将令，擅自杀人，不但无功，抑且有罪，还亏你有这个脸到我跟前来说嘴咧。"萧朝贵撞了一鼻子的灰，恨得他只得把那张巡检的人头提将起来，狠命地丢向院子里道："你这晦气的脑袋，老子为了你，在路上好不累赘，两手又沾染了好些血污，连一次功都得不着，还要你劳什子干什么？"说得两旁手下的人都忍不住掩口而笑。

正说话间，忽有人来报说："现在有许多乡民，都在外边听候发落。"杨秀清道："现在萧贤弟杀了张巡

检,眼见得就要和官兵厮杀,有这么多的人来帮助我们一同起义,真是再好没有的事!就烦曾贤弟去设法,将他们和韦家祠附近的乡民一同安插了罢。”曾玉珩领命自去布置。杨秀清当下又派萧朝贵飞马往平隘山去,赶紧把烧炭党全体调来。三天之内,眼见得有官兵杀到,须赶紧设法防御才是。韦昌辉道:“小弟是个文人,未习军旅之事,就请把会里一应粮秣交小弟掌管,也可以替杨兄分担些责任。”杨秀清点头应允,又派洪大全专司编制军队,又派人去请石达开、胡以光前来。不消一天工夫,平隘山的烧炭党业已赶到,和金田村自己的人马在一处,再把乡下人挑选出丁壮来,编入队伍。霎时间也聚集了几万人,整军经武,声势十分浩大。

杨秀清知道即使有一两千清兵，也不经自己手下的一击，便也放了心。这时左右又来报说胡以光到。胡以光见了杨秀清，便道："打听得清朝派一名大将，名唤伊克坦布，率领水陆兵丁共计有五千多人，前来剿灭金田村。不过因为调集军队，尚须时日，十天八天之内，怕还不能来，我们趁此机会，须要小心预备才是。"秀清还没回答，又报石达开到，只见石达开率领两名大汉：一个面如重枣，长须披拂，宛如戏剧里的关壮缪一般；一个面黑如漆，短须绕颊，根根倒竖。石达开便指红脸的向秀清道："这是小弟的从兄，名唤石祥祯。"又指面黑的道："这也是家兄，名唤石镇仑。"秀清大笑道："石兄，我要说句你不见怪的话，你这两位昆仲，再加上一个高颧大鼻的石兄自己，简直是桃园结义的刘关张咧。"

石达开也笑了一阵,当下便召集了一干人,商量抵御官兵之计。冯云山第一个先开言道:“自古道‘蛇无头而不行’,我们第一件事情便须先推举出一个首领来。依小弟的愚见,主张推洪兄秀全为王,派人到鹏化山去迎接他来主持一切。”冯云山这话说了出来,曾玉珩、韦昌辉、石达开、胡以光、萧朝贵都说:“这是当然的。我们不举大事则已;如举大事,自然该迎立洪兄为王。”杨秀清见众议佥同,便道:“既是这样,也好。”说罢,便教手下头目曾天养带领五百名弟兄,前去迎接洪秀全。

曾天养领命去后,杨秀清又问洪大全把队伍编制得如何了。洪大全道:“军旅之事,全在官长小兵要打成一片,如臂使手,如手使指一般,才可以冲锋陷阵,克敌致果。所以我们第一须把清朝营伍编制的方法改革一下:小弟现在以二十个兵卒为一伍,每伍设一名伍长,每五伍设一个两司马,每四个两司马设一个卒长,便是带领四百名兵士。每五个卒长,便设一个旅帅,每旅实数兵士二千人。将来要是扩充时,便合五个旅帅,再设一个师帅。现在兵力还没有充足,这个师帅暂时可以从缺。”石达开道:“洪兄编制得很好,不过现在实属草创,我们几个弟兄须要亲自带兵才行。第一个杨兄秀清,在洪兄秀全之下,总管一切;第二个曾兄玉珩,他体弱多病,只能管些闲散的事情;第三个洪兄大全,他便专管全军训练事宜,以及一切军中文报笔墨等事;第四个韦兄昌辉，便专管军中服装粮秣事宜。其余的如冯兄云山、萧贤弟朝贵、胡贤弟以光以及小弟，各统两旅。再留下两旅，等待秦贤弟日纲来了，交他统带。”众人都说如此分拨很好。洪大全见诸事布置都已妥帖，便又开言道：“我们即是存心和清朝皇帝决一死战，不论事情成否。可是现在垂辫的制度，第一件就应该改革。第二件衣服也应当变易，虽然不必恢复明代的服式，但是可以拿它来做个参考，把它变通一下子更换起来，方才不负咸与维新的意思。”杨秀清听了此言，也深以为然，便传下令去，教全军一律把头发留将起来；又派洪大全把衣服的图样画了，以便雇了匠人赶制。

冯云山见规模初具，便又提议道：“俗话说得好，单丝不成线，独木不成林，我们的兵力和广西的兵队比较，也勉强可以周旋一下子。不过清朝皇帝，他要是倾通国之兵，来和我们打仗时，我们这一点点兵力总还有些嫌不够罢！为今之计，须要赶紧派人招纳亡命，若有绿林豪杰、草莽英雄，率部来归，我们便当推诚相与，一律待遇。诸位兄长，以为如何？”洪大全拊掌称善道：“此计甚妙，眼前两广、湖南绿林中的好汉不知要分多少股，若得合并在一起，清朝皇帝不足惧也。”杨秀清道：“小弟因为开过镖行，所以江湖上人物相熟的居多，只等小弟修下亲笔书信去招呼他们，他们自会望风而至的。”众人计议停当便散了。果然金田村一举义旗，四方亡命之徒便闻风归附。第一就是海盗罗大纲和他的哥哥

罗琼树及林凤祥这等人，都各带本部人马前来入伙。杨秀清见了，不胜大喜，便吩咐设宴款待。这时忽见曾天养匆匆地跑了进来禀道：“洪兄秀全和秦兄日纲离此不远，末将特地飞骑前来报知。”众人听了，便纷纷离席，一同到大门外面来迎接。隔了一会，果然见一彪军马簇拥而来，中间有两人并辔而行，正是洪秀全和秦日纲。大家迎将上去，合作一处，然后再返身进了内堂，少不得叙一叙别后之情。这也不在话下。

且说这时候清廷对于金田村保良攻匪会公然杀了巡检张镛及武朝显全家，又招纳亡命，准备谋反，如何肯置之不问？那广西巡抚郑祖琛便和众多幕友商量，派一员大将伊克坦布带领各县调来的兵马，杀奔金田村而来。距离金田村四十里地，便扎下了寨栅。有探马报知秀全，秀全命把金田村四面筑的城堡加意把守，又命一众将官来日早起准备和清兵对阵。第二天辰牌时分，清军营里擎起鼓来，伊克坦布披挂上马，来到阵前，留心打量时，见金田村里也鼓声震天，帅旗之下，一匹白马上坐一个身穿红袍、头戴红风帽的人，两旁数十员战将一字排开。伊克坦布立马阵前，大叫道："来者可是洪秀全？为何聚众作乱，杀害朝廷命官？今日大兵来到，若是识趣的，就早早下马受缚，还可贷你一死；如仍执迷不悟，便立刻可以把你金田村踹成平地。"洪秀全

冷笑道:“你们清朝的官吏专事剥削贫民,我们广西省里连年荒歉,赤地千里,你们这班狗官还是敲骨吸髓,虐待百姓。我们奉了上帝之命,吊民伐罪。你若是晓事的,便就速投顺了我们,也还不失富赏;若是定要见个高低,便杀得你片甲不回,那时悔之晚矣。”伊克坦布听了,不禁大怒,当下更不答话,舞动烂银枪,直取秀全。旁边早转出一员骁将,使一柄大劈刀,把伊克坦布的枪架住,两个人就在阵前,一来一往地混战。秀全定睛细看,这骁将便是曾天养,约莫战了有百余合,只听得秀全阵中,虎吼一声道:“曾兄弟且歇歇吧,待我老罗来取这蒙古狗头的性命。”原来这说话的,便是罗大纲。曾天养依言,便闪过一旁,让罗大纲上前交战。罗大纲使的是一柄蛇矛,也不打话,径自挺矛向伊克坦布当胸刺来。伊克坦布忙用枪格住,可是罗大纲来势凶猛,虽然把矛锋隔开了,可还震得右臂有些麻木,不由不叫一声“好生了得”。说时迟那时快,罗大纲第二矛又到了跟前,伊克坦布便有些手忙脚乱起来,自知不是对手,忙拨转马头,回入阵中。罗大纲便指挥手下,一齐掩杀过去,却被清兵阵里射出箭来,如飞蝗一般,近前不得。秀全便叫鸣金收军。伊克坦布回到营中,便闷闷不乐,心想看不出这小小金田村倒恁的厉害,自己奉命到此,有进无退,看来既是不能以力敌,只得攻其无备。今晚在黑暗之中,点起人马,去夺城堡,侥幸攻破了城堡,凭你金田村猛将如云,也要慌了手脚。主意想

定，便传令教众兵埋锅造饭，吃饱了肚子，晚上二更天气，便去攻城。众兵得令，自去准备不提。

且说这一晚二更时分，伊克坦布指挥手下，直奔金田村城堡之下而来，抬头看时，只见堡上灯火不多，那一声声的刁斗又都懒洋洋的。伊克坦布知道他们毫无准备，不禁心头暗喜，便传令架起云梯。一众兵丁发了一声喊，争先恐后地爬将上去。哪知道还没有爬到一半，忽听得城堡上面一声号炮，霎时间灯毬火把便好似白昼一般。城堡上面的兵丁伸出刀枪来，杀的杀，挑的挑，清兵便一个个坠下城来。伊克坦布才明白适才金田村里没有声息，是个诱敌之计，忙教火速退兵。谁料自己寨中，突然火起。原来秦日纲早已绕道杀入清兵寨中，放起火来了。那堡门开处，又杀出两彪人马来，正是石镇仑和石祥祯两个，把清兵前后夹攻，杀得哭声震野。伊克坦布也无心恋战，忙带了十数名亲兵，落荒而走。不到半里路，又见有一彪军马打着保良攻匪会的旗号，拦住去路，为头的挺着长矛，正是罗大纲。伊克坦布正待回身时，哪里来得及，被罗大纲一矛便刺于马下。手下兵丁上前割了首级，金田村里便鸣金收军。洪秀全检点人数，见那些清兵愿降的倒占了一大半，杀死的又有一小半，逃得性命的不过几百人。这一战便大获全胜，就在大厅上面，置酒庆贺。这一次的胜仗不打紧，直吓得清朝的官吏个个胆

战心惊,那些亡命之徒却越发会齐了来入伙。甚至湖南衡州地方的绿林豪杰,也都来托洪大全介绍,愿意投入保良攻匪会旗下。洪秀全的妻弟赖汉英也从广东嘉应州地方,率领家眷和徒党数千人,来助秀全,合军一处。于是金田村的声势益发盛大了。

话说洪秀全在金田村起义，伊克坦布征伐金田村，竟全军覆没。这个消息传到了桂林，吓得广西巡抚郑祖琛手足无措，当下却也不敢隐匿，便据实奏了上去。清朝的皇帝，赫然震怒，便把郑祖琛革职拿问，打入囚车，解向北京而去。清朝的皇帝便把因为烧了外国人鸦片烟土革职的两广总督林则徐起用，派他做钦差大臣，到广西来查办。又因为郑祖琛已是拿问进京，广西巡抚还没派人，便派了林则徐兼摄。论这林则徐却不同郑祖琛的颟顸，做事情很肯负责任，此人如若到了广西，倒也是洪秀全等的一个劲敌。叵奈林则徐因为闲废在家，年纪也老上来了，早已百病丛生，接到了清廷上谕，便动身向广西而来，谁想病根益发地深了起来，还没到桂林，渐渐支持不住，便在路上死了。清廷无奈，便另外派了前任漕运总督周天爵来做广西巡抚。又因为巡抚是个文官，对提督总兵不能直接指挥，所以又另外加了周天爵一个总督衔，责成他办理军务。又因为广西地方没有大将，便把固原提督向荣调任广西提督。这时，清朝的皇帝简直也有些手忙脚乱的了。

闲言少叙，且说向荣这人，原是杨遇春的部将。杨遇春在清朝征伐过苗人，立过战功，封过果勇侯。向荣也经过大小数百战，所以清廷倚若长城，希望他

一到广西，便把金田村剿灭。那个向荣奉了这上谕，倒也并不俄延，点起本部人马，马不停蹄，脚不点地，便向广西进发，取道广州，来到金田村，安下寨栅。洪秀全得报，便聚集手下，商量办法。石达开道："眼前已是十二月底，转眼便是新年了，我们且不必出去迎战。他若是来攻城，城上便安排滚礌木石，以逸待劳，教他纵有十分本领，也施展不出来。一面我们便故意铺张扬厉，准备过年，使他们把打仗的心懈怠下来，那时间我们便出其不意，杀将出去，管教造化向荣做第二个伊克坦布。秀全大喜道："此计大妙！"便传下令去，照此行事。

且说向荣统兵到了金田,安营下寨。这一天凑巧是清道光三十年十二月二十三日,向荣把寨栅扎定,便引军来到金田村城堡外面高声叫骂。谁想金田村里,却只是置之不理,也不见有人开门出来迎敌。叫骂了半天,向荣不禁心头火起,便传令攻城。正要架起云梯时,忽地城堡上面一声号令,那滚礌木石,便如雨点般打到了跟前,只得退兵十里,回到本寨。一连几天,都是这样。向荣的人马,因为长途跋涉,早已人疲马乏,这几天求战不得,越发把锐气挫了。向荣也无可奈何,只得摆成阵势,把金田村围将起来,作持久之计。那些兵卒见村内毫无动静,便以为洪秀全是个不中用的东西,料他也没有什么了不得,便益发把防范的心疏懈下来了。眨一眨眼,离过年越发近了,只是不见村中出战,

隐隐约约却听得村中锣鼓爆竹之声,昼夜不绝。那些兵卒便向地下吐了一口唾沫道:“他们倒好乐,却害得咱们在此地陪着他们过这种冷冰冰的日子,咱们索性也乐一乐,便纷纷地凑着份子,沽酒市脯,庆贺年节。直到大除夕,依旧不见村中出战,那鼓乐之声却越发闹得不可开交。众多兵士还打听得说村中洪秀全传下了命令,大年初一的晚上,还要大放花灯咧,只羡慕得一众兵士,望空咽那唾沫。年初一晚上,远远地望去,果然见村中火树银花,欢声动地。众多兵士叹了一口气,回到营帐里,却只是借酒浇愁。连那向荣也心里盘算,准备过了新年,再行想法了攻进村中去。年初二的晚上,一众兵士有宿醒未醒的,也有酩酊大醉的,都倒头酣睡。不想睡到半夜,那保良攻匪会的队伍却漫山遍野而来,杀入向荣营帐之中,向军措手不及,被杀死了大半,几个手脚快些的便都起来逃命。这里洪军又追杀上去,直追到一道大江边。这道江名唤大黄江。幸亏向荣在这地方预备下船只,众兵便争先恐后地上船,渡到对岸去。哪知才渡到一半,便有一百多号战船从上游顺流而下,为头的便是秦日纲。一声呐喊,又掩杀过来,向军猝不及防,纷纷落水,只有向荣逃得了性命。检点人马,折去了三分之二,便在大黄江岸上,勉强扎下营寨;一面便飞报省城,请求派兵增援。这

里金田村第二次出兵，又大获全胜。洪秀全便派杨秀清做了主帅，萧朝贵做了正先锋，秦日纲做了副先锋，在大黄江这面岸上，安营扎寨，防那向军重整旗鼓。一面杨秀清又派石镇仑、石祥祯、罗大纲、林凤祥四人，去攻打近旁的许多城池。不多几天，那捷报便接二连三地来到大营，说是石镇仑已是攻破了桂平，石祥祯却也收复了武宣，罗大纲在贵县出示安民，林凤祥在平南升衙理事，先锋官萧朝贵、秦日纲已是到了象州。这时向荣早已因为兵力单薄，乘夜拔营而去。杨秀清没了后顾之忧，便传令拔队，向象州进发；又吩咐石镇仑等四人，丢了桂平、武宣、贵县、平南，合兵做一处，尽力攻打象州。那象州便被杨秀清手下团团围困起来。地方官的告急文书,好像雪片一般。清朝的皇帝知道向荣打了败仗,怕他一人支持不住,便加派了都统乌兰泰,帮办广西军务。乌兰泰奉命星夜赶往广西而来,向荣这时也收拾残兵,准备和洪、杨的军队决一死战。两人便分统三四万人,来救象州。

且说杨秀清这时正为攻打象州不下,所以心下很是纳闷,忽听报说向荣、乌兰泰统领大军来救象州,已是离此不远,便和冯云山、石达开商量道:“我们来此业已多日,可恨象州却只是不能攻破。眼见得救兵一到,他们里应外合,我们便要腹背受敌。为今之计,不如弃了象州,去抵御向、乌两人的救兵要紧。他们既是分两路而来,我们也可以分两路迎敌。”当下便派石达开、冯云山带同石镇仑、石祥祯、赖汉英、曾天养分一半军马,去迎着向荣。杨秀清自己带同洪大全、胡以光、罗大纲、林凤祥,去迎着乌兰泰。又怕象州城里开门追杀出来,所以又派萧朝贵、秦日纲二人,各带一千人马,依旧扎营在原来的地方,好教象州城里的人见了,不敢出来追赶。石、冯、萧等领命自去。这里杨秀清自己,便带领人马,来迎着乌兰泰。两下里排开阵势,乌兰泰手下一个总兵官名唤邹鹤龄的,使一支方天画戟,匹马当先,便杀将过来。杨秀清手下却有胡以光手提双剑,上前迎住厮杀。两人在阵前战了有百余合,不分胜败。这里乌兰泰在马上,见敌军旗门之下，一人身穿红袍，便料定此人不是洪秀全，便是杨秀清。乌兰泰生平最善射箭，真是百发百中，当下便暗暗取出箭来，对准了穿红袍的人射去。幸亏罗大纲眼快，便忙用矛子拨开了箭杆，那箭才射得偏下了些，却射中在杨秀清身下一匹白马的头上。那白马痛极了，前蹄一蹶，却把杨秀清颠下马来，左右忙来搀扶着回入阵中。这时一众军士瞧见主将落马，不禁都心慌意乱，脚底下自然也活动起来。乌兰泰瞧在眼里，哪里肯放松一步，便指挥三军，掩杀过去。胡以光见本军阵势动摇，却也无心恋战，便虚晃了一剑，退回本阵。洪大全、罗大纲、林凤祥保护着杨秀清往后

便退。乌兰泰乘胜追了有三十里，才安下营寨。

杨秀清检点人数，共计折了一千多名兵卒，他便一个人心口商量道："那乌兰泰好生了得，我们若是和他力敌，断难取胜，须要另出奇兵，使他们措手不及，才是正理。"正思想间，军士来报，说石达开到。杨秀清接进里边，便问和向荣对敌胜负如何？石达开说，今天混战了一阵，不分胜负。秀清便说道："我正为这事情忧虑呢！若是长久相持，一来怕懈怠了军心，二来他们若是增加了援兵，我们便寡不敌众。石兄，你有何好计较？可以出奇制胜。"达开道："我看一方面固然应当牵制向、乌两人，使他们不能分兵救应他处；一方面却须另出奇兵，夺取城池，好教他们疲于奔命。”杨秀清拊掌说：“妙哉！妙哉！恰与小弟的主意相同。从这里走大黄圩，有一条小路，可以通到永安。依小弟的愚见，便须分兵前去攻打永安，出其不意，便可以一鼓而下。那时我们便准备在永安招兵买马，整顿军旅，再行直扑桂林，侥天之幸，把桂林攻下了，广西全省便可传檄而定。那时再出两湖，囊括中原，易如反掌，大业可成。”石达开点头称是。当下便派洪大全、赖汉英看守两面寨栅，牵制乌兰泰、向荣的兵力。两处只留下三五百人看守，只许守，不许战。其余的军马便风驰电掣，神不知鬼不觉地到了永安，这是后话不提。

且说乌兰泰和向荣连日挑战，却不见有敌兵出来应敌，一连旬日，都是如此，两人却也不敢进攻，怕杨秀清使什么诡计。后来乌兰泰实在忍不住了，便派了细作前去打听，那细作来报说，乃是一座空营，旗帜灯火，都是敌兵预先设下，乱这边耳目的。乌兰泰只叫得一声苦，也不知道敌军从哪一条路上走的，当下便通知了向荣。向荣得报，更不怠慢，忙带领兵士直扑过去，果然也是一座空营。两人便合兵一处，猜想不出敌兵到哪里去了，只得按兵不动，派人四下打听。隔了四五天，才有人来报，说敌兵已是破了永安城，又在那里招纳亡命了。乌兰泰气愤愤地说道：“咱们竟上了杨秀清的大当，为今之计，咱们只得赶到永安去，夺回城池要紧。”当下便决定由向荣取道桂平，乌兰泰取道鹏化山，分途并进，在永安会面。

却说乌兰泰带了大兵，取道鹏化山，进了谷口，幸喜没人拦阻，乌兰泰便放大了胆，催促部下火速前进。广西的天气，虽在初春，却如四五月里一般，十分炎热。兵士们多跑了路，直热得连气都喘不过来，当下乌兰泰却还是连声催促，兵士们便都脱下衣服来，挟在腋下，再行赶路。又走了一程，实在热得不可开交了，更兼嘴里干得火星乱进，便一齐上前禀乌兰泰道："小人们实在热得走不动了，请将军担待些，容小人们喝了一点水，再行赶路。"乌兰泰欲待不答应时，见众多兵士已是下了马，争着用手在道旁山溪里掬着清

水，往嘴里送，料想拦也无益，便点了点头。自己也下了马，坐在道旁石上，吩咐亲兵去弄碗泉水来解渴。那亲兵依言，取一只木碗去汲了一碗山泉来，送在乌兰泰手中。乌兰泰正想伸长了脖子喝时，谁想不先不后，突然间听得山坳里一棒锣声，接着便见打着“保良攻匪会”旗号的兵士，漫山遍野而来，为头的一员大将，威风凛凛，杀气腾腾，正是秦日纲。乌兰泰丢下木碗，忙上马来迎敌，才和秦日纲战得三五个回合，便被秦日纲一枪刺中了手臂。秦日纲正想再使一枪，结果乌兰泰的性命时，却被乌兰泰手下两员将弁邹鹤龄、董光甲抢着救了去。秦日纲也不追赶，只舞动枪杆，挑那乌兰泰手下的兵士，见一个挑一个，见两个挑一双。乌军因为争着喝泉水，所以毫无准备，被秦日纲的兵杀得尸横遍野，只逃得十几个人的性命。秦日纲见大获全胜，便收兵回永安去了。

话分两头，再说向荣取道桂平，进攻永安，路上走的尽是平原，浩浩荡荡，好不威武。杨秀清在永安城里，派秦日纲往鹏化山截杀乌兰泰后，便想另外派人去邀击向荣的军队，这时早闪过一员战将来道：“末将愿往。”杨秀清定睛细看时，却原来是赖汉英，当下便拨了一千人马，交赖汉英统带，来战向荣。那向荣一路之上，晓行夜宿，看看离永安不远了，这夜便在旷野里扎下营帐，吩咐部下，晚间须要醒睡，提防敌兵来劫营。是夜月明如昼，军中刁斗之声，此响彼歇，好不严肃。向荣出了营帐，看了一会月色，便回到中军帐里，秉烛披阅公事。正在凝神静气的时候，忽然耳朵里听得起了一阵微风，刮得那中军帐外一面战旗猎猎地怪响，向荣也不在意，依旧看手里的公事。谁知那风却越刮越大起来，霎时间便刮得月色无光，接着便排山倒海下起雨来，平地之上，顿时水深数寸。那水没有归宿的处所，便直往向荣营帐中灌将进来。兵士们从睡梦中惊醒，不想半个身体早已淹在水里了。正忙着起来检点衣服、兵器时，营帐已经变成小河一般。全军兵士不约而同连珠价叫苦不迭，向荣也自慌了手脚。正在不得开交之际，突然间听得一片喊杀之声，火光影里，瞧见赖汉英带领一千名军士杀进帐来。论理赖汉英的部下只有一千名，向荣的军队比他多了几倍。叵奈向军一个个被大水淹得好似落汤鸡一般，谁还有心迎敌，只恨爷娘少生了两条腿，一时间逃不快。因此赖汉英滚汤泼雪般，杀得向军降的降，死的死，逃得性命的不到五百人。向荣见不是路，也就夺门而走，直待逃出五十里之外，才下马来休息。向荣想这四五百名军士好似斗败的公鸡般，料想也救不得永安、见不得阵仗的了，不如收兵回桂林，去调动各路兵马，卷土重来，也还不迟。主意想定，便垂头丧气回到了省城。哪知乌兰泰却也回来了，两人相遇，真是同病相怜，互相把经过情形诉说了一遍，大家都不免唏嘘太息。

大破武昌城

话说杨秀清等得了永安以后，大家便推戴洪秀全为天王，改国号叫作太平天国。洪秀全即了天王之位，当下降旨：封杨秀清为东王，位在百僚之上；又封萧朝贵为西王，冯云山为南王，韦昌辉为北王，石达开为翼王，洪大全因和天王同姓，便封为天德王；又封秦日纲为天官正丞相，王侯之下，以此职为最尊；封胡以光为春官正丞相；又封韦元玠为国伯，石镇仑、石祥祯为国宗，赖汉英为内医，职同军帅；罗大纲为军帅，林凤祥、曾天养为御林侍卫，罗琼树为旅帅。其余金田村老兄弟，都恩赏有加。

石达开上前奏道："我们既已建立了太平天国，自然和那些绿林草寇不同。可是别州外府的军民人等，一时间怕还不明白我们举义的本意。依臣弟的意思，此刻便该草一道檄文，檄告远近忠义之士，共起义兵，光复禹域，不知陛下以为然否？"天王道："不错，若不是翼王提起此事，倒忘怀了呢！"说罢，便教典诏何震川去撰拟。拟就后，天王看过，便吩咐抄录千份，用东王的名义布告远近。果然这道檄文出去，远近的绿林好汉都蠢蠢欲动起来。

自此以后，太平军便纷纷向各处攻取城池，从广西打到湖南，又从湖南打到湖北，一路势如破竹，来攻汉阳。可笑清朝的官吏，他们哪里料到太平军会

来得这般迅速呢？那汉阳连城门都来不及关，城门洞里便已塞满了太平军。一个个用黄布包头，手握短刀，杀那清兵，浑如滚瓜切菜一般，直杀得清兵哭声震天，只恨爷娘少生了两条腿。太平军的将领唐正财见手下已是把城门夺了，便吩咐擂鼓，催促全军前进。全军听见了鼓声，一发勇气百倍。中间一员大将手持一柄长矛，浑如发疯一般，逢人便挑，杀得兴起，不论是清兵还是百姓，凡是碰在他矛尖上的，没有一个不送了性命，因此百姓们死伤的也不在少数，直杀到府衙前。汉阳府知府董振铎战战兢兢地握着一柄烂银枪，想出衙来迎敌，连枪杆都没举起来，便被罗大纲一矛子刺断了喉管，倒在地下，手足颤动了几下，也就呜呼哀哉了。唐正财见大获全胜，便吩咐鸣金收兵。罗大纲浑身血污，拖了矛子，来问唐正财道："我正杀得高兴，你怎么就敲起锣来了呢？"唐正财道："那清兵十停中已是杀了九停，余下的都是百姓，若不分良贱，一齐杀了，人心便不免要怨望的。"罗大纲这才罢了。

当下便驻扎在府衙里面，和唐正财俩一面派人拿了本章去启奏天王，一面商量攻打汉口之策。罗大纲道："汉口没有城池，攻打起来，十分容易。不如先派小校混进汉口市

街,乘机放起火来,我们再领兵掩杀上去。里应外合,汉口便可唾手而得。”唐正财点头说:“好。”罗大纲果然拨派了一百名小校,身上带着硫黄、火药等物,扮作商人,推着几辆小车,上面薄薄地盖了一层货物,下面多是柴草等容易引火的东西,单等大兵到了,放炮为号,便一齐动手。拨派停当,那些小校果然混进了汉口,分头寻觅客店住下。这夜三更时分,果然一声号炮,那些小校知道大兵到了,就在客店里放起火来,一时间便有十几处火起。太平军由罗大纲为头,一声呐喊,杀进镇去。镇上驻扎的清兵本就不多,又在睡梦里惊醒回来,只听得人喊马嘶,也不知太平军来了多少人马,连逃走都来不及,哪有心情再敢起来抵敌呢?老百姓们一听说太平军到了，又见四下里火光烛天，觉得开门又不好，不开门又不好。因为要是躲在家里，不出门去，生怕这火延烧到了自己的屋子里来，岂不是活活地烧死在火里吗？若逃出门去，外面满街又都是太平军在那里，逢人便砍，不是也自己去讨死吗？可怜这一次的打仗，也算是汉口的浩劫，那些老百姓不死于锋镝，便葬身火窟。直到天王驾到，在江南岸望见汉口镇上还是一片火光，再加以各种东西爆裂的声音，隆隆不绝。天王问了众人才知道汉口的火已是烧了五日五夜了，便吩咐罗大纲赶快派人把火救灭了。可是，那汉口早已化为一片焦土，这也不在话下。

再说天王和杨秀清等率领文武百官进了汉阳，休息了几天，便要攻打武昌。唐正财便献计道："武昌在江南岸，若是派兵前去攻打，须用渡船。载着人马过江，不但一批一批的十分不便，就是接应起来，也觉得不很灵捷。末将有一个计策在此，不若把渡船用铁索连接起来，可以从北岸直达南岸，宛如一字长蛇般，兵士们渡江起来，便不啻搭了一座浮桥。那武昌孤城无援，若要把它攻破，直是探囊取物。"天王大悦，就把这个差使派了唐正财，也不消一天工夫，这一座浮桥便搭成了。杨秀清催动兵马，就在这用渡船连结成的浮桥上面渡将过去。费了两天的工夫，十万大兵，都已渡毕，便在武昌城外，四面筑起营垒来，不断地派兵前去攻城。这时武昌城里住着一员湖北巡抚，叫作常大淳。他以为，这

时刚在十一月里，西北风十分厉害，长江里面就是没有什么大风，那浪头也须有五六尺高。江面上的渡船，一个不留神，便须船底向天，所以一交冬令，江面上便断了渡，没有紧急的事情，谁肯冒险往来。常大淳料定这长江是个天堑，太平军绝不敢拼着性命渡到南岸来的。因此虽是失守了汉阳，火烧了汉口，接二连三地来了许多警报，他还是处之泰然，以为这武昌城是万无一失的，哪里知道冬天的江水比夏秋两季要浅了许多。这一年江水更是特别干涸，江心里有几个洲，平常总是没在水里的，此刻却都浮起在水面上了。这江水既是这样的浅了，自然西北风吹上去就有波浪，也有限得很。何况这一年十一月里，那天气却还是暖洋洋的，连一点风屑毫儿都没有。所以太平军在浮桥上来来去去，简直和在陆地上行路一般无二，丝毫不受风浪影响。这一来可把常大淳急得一佛出世，二佛涅槃，搓手咂舌地道：“这便如何是好？这便如何是好？”正在无法可施的时候，忽地来了一个救星，派人缒进城来，投递公文，安慰常大淳不要着急。你道这救星是谁呢？却原来便是广西提督向荣。

原来那向荣因为太平军十分厉害，称病在桂林城里，不肯出来和太平军交战。钦差大臣赛尚阿恨他不受调遣，便参了一本，又说：“向荣逗留不进，贻误戎机。”又说：“广西巡

抚邹鸣鹤只知苟且偷安，不顾大局。”那清朝皇帝赫然震怒，特降诏把邹鸣鹤免了，连向荣也都得了褫职留任的处分，责成他追赶太平军，将功赎罪。又说：“若再顿兵不进，便须充军边远，以儆效尤了。”向荣奉到了这样一道上谕，只得出兵，便派女婿张嘉祥率领一彪军马为先锋官，逢山开路，遇水搭桥。自己率领全军，也就随后起行。一路浩浩荡荡，便杀奔湖南而来。哪知到了郴州，太平军全军已是开拔往长沙去了。向荣更不怠慢，便进到了长沙，和杨秀清在水鹭洲相遇，却被杨秀清杀得大败。隔了几天，太平军弃了长沙，进攻湖北去了。向荣还是紧追不舍，不久也就追到了武昌，来接应常大淳。这天向荣一到武昌城外,便在洪山地方立下营寨,派人拿了一封书信,来报知常大淳,约常大淳明日午后,派兵出城迎敌,以便内外夹击。常大淳看了书信,摇头道:"向提督他倒说得好轻松,他们没有守土之责,自然说战就战,不比我担着这武昌一城的干系。若是冒冒失失开城上去迎敌,只怕敌兵倒没有杀退,我们的城门倒先入了敌兵之手呢！这岂不是弄巧反拙？所以我瞧还是关了城门不出去迎战,此为上策。"

不表常大淳这样的主意,且说向荣在城外,哪里知道城里的事,第二天午后便和张嘉祥俩结束上马,催动士卒,直奔太平营垒。而那时太平军只顾攻城,不提防背后会来了这样一彪军马,措手不及,那阵脚便有些摇动起来。幸亏石达开一马赶到,便大声叫道:"兄弟们,不要害怕,这是清妖向荣的兵马。向荣是我们手里的败将,谅他有何能耐,敢和我们对敌？弟兄们只顾放心杀上前去便了。"这话一说出来,太平军顿时放大了胆,人人勇气百倍。只见他们舞动手里的刀枪,回身来寻清兵厮杀。霎时间,太平军愈来愈多,便把向荣、张嘉祥二人困在垓心。

张嘉祥见自己和向荣俩被太平军困在垓心,武昌城里并不见派兵前来夹击,心里疑惑那送信的人不要被太平军在半途里截了去,所以常大淳还没有知道我们兵到,这倒不可不去报个信给常大淳咧。也罢,凭着自己这一身本领,只得亲自去叫城罢。主意想定,便舞动大刀,杀开一条血路,把缰绳抖了一抖,那匹马好似通灵一般,泼剌剌直跑向武昌城外而来。那些守城的兵士见城外尘埃乱飞,喊杀之声惊天动地,知道是那路救兵到了,正在和太平军开仗咧。便一个个伸头垫脚,向远处瞧望,虽然相隔很远,不很瞧得清楚,可是两军的旗号是知道的。刹那间,一方面的兵士愈聚愈多;一方面便被杀得旗靡辙乱,马仰人翻。这打败的一方面,不是清兵,是谁?不禁舔嘴咂舌地道:"好厉害的太平军!我们哪里是他们的对手!"正在瞧得高兴时,只见有一骑马赶到了城下,马上坐了一位年少将军,正是张嘉祥。守城的兵士便低着头打量时,却听得张嘉祥高声叫道:"城上的兵士们听着,我便是广西提督向军门的部将。此刻我们的弟兄正在和太平军厮杀,你们快去报与常巡抚知道,请他点齐人马杀出城来,内外夹攻,不愁太平军不解围而去。"守城的兵士认得叫城的那年少将军穿的服装,是个都司,料来绝不是太平军冒充的,便忙应道:"好教将军得知,常巡抚说'城中兵微将寡,只能守住城池,断断没有余力可以出城来和太平军厮杀'。常巡抚他打定了主意,是劝不理的。我们此刻即使去报,也是枉然,只得请将军回去,拜上向军门。他能够把太平军杀退了,固然最好;要是不能取胜时,只得暂时请向军门收兵回去,等别路救兵到齐了,再作计较罢。"张嘉祥听了这话,怔了半晌,正要再叫时,不想脑后有人大喝道："你这清妖，休走，吃我一枪！"张嘉祥忙回身迎敌时，却是秦日纲，当下也不敢怠慢，忙抡刀招架。秦日纲瞧见了张嘉祥的脸，便愕然道："你不是姓张么？怎会弃明投暗，去帮起清朝的忙来？"张嘉祥听了这话，不禁脸上有些讪讪，只得嘬了一嘬牙龈道："这叫作两国相争，各为其主。我现在既是降了清朝，说不得要和你们拼个你死我活的了。"秦日纲见张嘉祥这般无礼，不觉心头火起，便用枪把刀锋架住，不待他再剁第二刀，疾忙抽回了枪尖，直向张嘉祥咽喉里刺来。张嘉祥把头偏了一偏，才把这一枪让过了，两人就这么厮杀起来。论两人的武艺，都也旗鼓相当，你一刀，我一枪，

杀作一团。只见刀枪的白光，在那里闪闪烁烁，连两人的身影都不见了。城上的守兵见了，也自暗暗喝彩。毕竟张嘉祥心挂向荣，不敢恋战，盘旋了五十余合，便虚晃一刀道："我这时还有旁的事情，不能奉陪你多玩，改一天我们再约了较量罢。"说罢，拍马而去。秦日纲知道自己的武艺，不见得胜似张嘉祥，所以也不追赶，便四下再找旁人厮杀去了。

再说张嘉祥回身杀入重围，保护着向荣败回本营，诉知常大淳不肯发兵夹攻的一番情节。向荣听了大怒道："常大淳那厮，既是这般不中用，我们也只得按兵不动，再作计较罢。"读者，常大淳是一个文官，本来就懂不得什么军旅之事，如今触怒了向荣，再也不肯前来援救。常大淳困守孤城，便如瓮中之鳖一般，这武昌如何守得住？杨秀清知道向荣打了一次败仗，眼前总不见得再敢来啰唣的了，便传下令去教部下日夜攻城。可是武昌城里，守兵虽是十分单薄，那城垣倒是高厚异常，因此急切里还攻打不下。杨秀清便发一个狠，依旧教那炸湖南长沙城的矿夫，在武昌文昌门外，开掘地道，预备抄袭老文章。早有武昌城里派在城外打听军情的细作，缒进城来报知此事，说："这地道已是开掘多日了，眼前怕就要完工。请大人也在城里开起一条地道来，用沸水和石灰浆这一类东西，灌将进去，好让城外开地道的矿夫，一个个死在地道里面。"常大淳摇摇头道："我不信，炸药有这么厉害。你们休得轻事重报，教城里的老百姓们听了惊慌。"那细作见常大淳不信,也是没法,只得叹了口气,退了出来。果然这一晚,天崩地塌似的一声,武昌城便倒坍了有六七丈宽的一个缺口。太平天国的军士,好似蚂蚁一般,争先恐后地爬上城来。常大淳得知了城破的消息,吓一个半死,刚欲在床上索索地边抖边穿衣服起来,想到外面去瞧瞧时,哪知一声呐喊,便抢进了一伙人来,为头的一个正是罗大纲。见了常大淳,更不盘问,一矛子便把常大淳胸前搠成了一个碗口大的窟窿,那胭脂一般的血便咕嘟咕嘟地冒个不住。常大淳哼都不哼一声,就死于非命。罗大纲正欲寻觅火种,把这巡抚衙门烧成平地,凑巧石达开赶到,忙喝住了罗大纲。又另外派何震川把衙门里的一切档案,都设法保存起来,不准失落一件。又派石镇仑捧了翼王的大令,在城里各街道巡查:除掉清朝的官吏兵丁,在打仗的时候可以把他们杀死外,现在破了城,愿降的便带领他去见本营的官长,不愿降的便把他关在一处,听候东王发落;至于老百姓们更不准杀戮一人,倘有擅入民居、杀戮无辜、奸淫掳掠的,拿了来就在犯事之处枭首示众。这个命令一出来,太平军知道翼王一向就是言出法随的,所以都栗栗危惧,在武昌城里,秋毫无犯;那些老百姓们也都额手称颂。不久,天王和杨秀清俩带领文武百官渡江到了武昌,就在总督衙门里住下,当即宰杀牛羊,犒赏三军。

挖地道打破南京

话说太平天国二年，群臣朝贺天王，既毕，大摆筵席。天王居中，同席陪宴的是东王杨秀清、北王韦昌辉、翼王石达开；其余的人，便按官职大小，分别两旁。酒至半酣，天王便降旨道："我兵既克武昌，有众五十万，战船四万艘，仰赖上帝威德，可以和清兵一决雌雄。不过从哪条路进兵？还望诸卿共同商议。翼王石达开启奏道："据臣愚见，陛下宜暂定武昌为都城，然后臣弟愿提一旅之师，道出襄樊，北伐中原；如若河南入了吾军之手，燕都便可传檄而定，不难把鞑虏逐回满州，这是上策。"天王点头道："武汉居天下之中，虽然是四战之地，然而安不忘危，可以激励将士，愈益奋发；况且武汉既为交通枢纽，取高屋建瓴之势，可以控制全国，朕择定日期，便派卿誓师伐北便了。"天王说罢，便端起酒杯来，一饮而尽。谁知东王杨秀清却双手齐摇道："且慢，且慢，武昌四面受敌，易攻难守。如若吾军北出中原，清兵捣我后路，倾全国之兵来取武昌，那时节窃恐中原未定，而武昌先有差池，吾军回师不及，悔之晚矣。"天王一听东王的话说得也有理，便沉吟着道："卿言是也，如此说来，北伐中原，还嫌太早；但不知依卿高见，该从哪条路进兵呢？"杨秀清道："依臣弟愚见，金陵自古称为天府之国，物产丰富，土地肥沃，要是攻下金陵，进可

以渡江，溯运河而北，退可以深沟高垒，清兵不能飞越。况且北伐中原，第一件要紧事便是饷糈，万一饷糈接济稍迟，摇动兵心，谁任其咎？若能攻下了金陵，便以金陵为天京，则江浙两省，尽归掌握。江浙财赋，甲于全国，我们好予取予求。所以臣弟以为欲竟北伐全功，当在定鼎金陵之后……”一席话说得天王点头不迭，当下便准了东王之奏，决定顺流东下，直取白门，计议定当，便散了筵席。

再说天王点齐兵马，整备船只，吩咐分水陆两路，向武穴、九江一带进发，由天王亲自统率。发下令去，水路派唐正财为主将，毕竟唐正财是水面上做过一番事业的，所以四万多号战船，摆开阵势，帆樯林立，旗帜鲜明，蔽江而下。陆路沿着长江两岸，夹辅而行，派东王专管江北岸的一路，翼王专管江南岸的一路。天王御驾驻在一只大号战舰上，居中策应，浩浩荡荡，杀奔长江下游而来。清朝官吏，望风披靡，不到几十天工夫，连克武穴、九江、安庆等地。清朝地方官的告急本章，如同雪片一般，兀是向北京城里送；清廷也着了真急，降旨命两江总督陆建瀛堵截。那陆建瀛只得把长江水师提督请来，教他预备船只道："本部院奉旨迎战，贼兵既有战船，我们唯有在水面上堵截，相烦军门点齐部下，听候调遣。"那提督诺诺连声而退，不多几日，便来回报说："船只都已准备齐全。"陆建瀛便排齐道子，一棒锣声，便到江口下船。毕竟总督和提督是文武官员中的领袖，这时候

总督奉旨出兵，便算是钦差大官，有屈那位长江水师提督做了前部先锋官。一路之上，却也威风凛凛，杀气腾腾，百余号战船鼓棹向西，霎时便过了和州、乌江、采石等处。陆建瀛便问左右道："前面是什么地方？"他贴身的一名姓文的巡捕，便上前请了个安，禀道："启禀大人，前面离芜湖不远了。"陆建瀛便拔了一支令箭来，交给那文巡捕道："你去传知前部战船，不得再进！"文巡捕应了一声，拿了令箭，退出船舱，便坐了条舢板，向前方来传令。那提督莫名其妙便退到陆建瀛坐船上来，禀道："请大人的示下，此地距离贼兵还远，为什么大人要吩咐停止前进呢？"那陆建瀛见问，将眼睛一闭，眉毛一皱，脑袋在空中打着圈儿答道："孟老夫子说的，天时不如地利，地利不如人和。所谓人和者，便是将相应当和衷共济，将相不和，兵家所忌。如今本部堂算是相，军门你便算是将，咱们两人，十分要好,人和上已是占了优。其次再讲到地利,要是我们再溯江而上,便要无险可守了。本部堂翻阅地图,瞧见此间有东西梁山可以扼守,我们大可以据险自固,贼兵虽多,绝难飞渡,那时地利上也就占优了。再讲天时,这几天天气虽不曾转暖,可是还晴朗。天时、地利、人和三样凑合起来,定然杀得贼兵片甲不回,不日便可指望你我升官了。本部堂要是蒙圣上垂念破贼有功,内调进京,补授了军机大臣,那时节两江一席,便舍军门其谁属?”

陆建瀛说到这里,又把脑袋在空中接连打了无数圈儿,使着文章调子,重复念道:“两江一席,舍军门其谁属哉?

嗄！”这位提督也是个糊涂透了脑子的人，听了这话，好像自己真的坐上了两江总督的交椅一般，情不自禁地站起身来，向陆建瀛屈了一膝道：“这个可全仗大人栽培。”慌得陆建瀛还礼不迭。当下计议停妥，陆建瀛真个传令，和提督俩分守东西梁山，不再前进。布置停当，两座山头，却也刁斗相间，彼此连成一气。初起几天呢，陆建瀛战战兢兢，不敢怠慢，生怕敌兵杀来的时候，措手不及。可是接连过了几日，上游动静毫无，不但太平天国的战船不见踪影，连小兵也不曾瞧见过一个，不但是陆建瀛，连他手下的兵丁们，也都慢慢地疏懈下来了。又值派去安庆城里做细作的兵士回来报说：

"安庆城中,补祝元宵,大放花灯。洪秀全、杨秀清等一干人,正在设宴赏灯,一时不像会来攻打。"陆建瀛听了,越发将心事丢下,便闲来喝喝酒,赋赋诗,依旧恢复了那在南京总督衙门中的常课。这一天晚饭时,喝了一口闷酒,饭罢,便站起身来,带了个当差的,步出营门,抬头看时,见那月亮缺了一只角,挂在半天里。凑巧自西而东有几片云彩,被风送着,在空中如同射箭一般,有时云彩遮没了月亮,及至云彩走过去了,那半圆不圆的月亮儿,才又愁眉苦脸地向着大地上张望。满山树木,罩在月光底下,非烟非雾,好似笼上了一方蝉翼纱般。这梁山脚下,原来便是大江,所以陆建瀛不消几步,便已到了江边。只见浩瀚长江,镇日价在自己脚底下向东流着。江上的树木房屋,只剩得几圈黑影,看也看不清楚,就只远处有两三只渔船,船上点着灯火,在一星星地闪动。陆建瀛正在看得出神时,忽地当头一声怪叫,叫得陆建瀛毛骨悚然。抬头瞧时,却原来是一头鸱鸮,躲在树上,拔直了嗓子在叫着。凑巧这时半空里偏偏又有一队飞鸟在月色底下飞鸣而过。陆建瀛正在不解,这种禽鸟夜间不回去宿在巢中,为什么这个时候还在半空里飞呢?正在心头思量,猛可里一声呐喊,陆建瀛不免吃了一惊,低头瞧时,却见部下的水师,那些兵舰停泊在梁山脚下的,此时船棚上忽地都着了火。其时恰值是寒天,船上的木料和盖着的芦席棚儿都比往常干燥,当然容易着火,说时迟那时快,一着了火,刹那间便烈焰腾空,不可收拾。陆建瀛出其不意地禁不住连连跌足道:“混账,混账,怎么不小心到这一步田地?好端端会失起火来的呢!”可笑陆建瀛他真是糊涂透了顶,天底下哪有失火会几十条船同时失火的道理?不久一片红光,上冲霄汉,照耀得江面上如同白日一般,便在这火光之中,照见每一只兵舰周围有两三条小船包围着。这些小船上装的全是火种,这才从恍然里钻出个大悟来,却原来是放火。再一瞧小船上的旗号时,清清楚楚,写的是“太平天国水师军帅唐”九个大字,只听得小船上喊杀连天,隐隐约在那里喊道:“太平天国大兵到此,你们愿降的快降,只不要放走了陆建瀛。”喊声未绝,上游战鼓咚咚。太平天国的水师战舰如射箭一般,顺流而下,一字儿排开,简直把整个的江面给堵塞住了,正不知来了多少战船。清军这一边,出

其不意，船棚上都着了火，兵丁们自睡梦中惊醒，穿衣服都来不及，别说抵敌，更别说救火啦。陆建瀛此时酒意早已吓醒，不过惊恐过度了，两条腿好似钉住了的一般，休想搬得动分毫。说时迟那时快，一转瞬间，太平军水师已有船靠梁山脚下，广西的老弟兄又是惯爬山路的，这梁山又不是很高，爬上来如履平地一般，霎时间漫山遍野，远望好比蚂蚁摆阵。正在危机一发之际，陆建瀛几个亲信的人一瞧路数不对，便跑上来一个亲兵，不由分说，将陆建瀛背上肩头，撒开大步，觅一条小路，下了梁山，跳上了一条没有着火的船，没命地向下游摇去。好容易到了南京，陆建瀛吓得寒热交作，便吩咐把南京城门紧闭。太平军没人阻拦，浩浩荡荡，直抵南京下寨。你道太平军如何会飞，将军从天而下的呢？原来是东王定的妙计，故意先散放谣言，说太平军在安庆补赏元宵，不想攻打南京，好让清兵不做准备。哪知暗中却封了三百条民间的小船，每船配置五名兵士，满载着火种，教这些小兵，每三四条，认定着包围一条清军的战舰，放起火来，然后再由唐正财带领水师接应。果然清兵措手不及，太平军便唾手得了东西梁山。其实陆建瀛瞧见月光里飞着的禽鸟，原来便是给太平军进兵的时候，惊动了它们，才从巢中飞出来的呀。要是陆建瀛临过阵，打过仗，便早该瞧料到有人偷营劫寨，叵奈陆建瀛不知争战为何物，当然要吃那么一个大亏了。如今梁山失守，南京门户尽撤，太平军兵临城

下，便把南京围得水泄不通。天王知道南京沟深垒固，易守难攻，须要准备长时间的交战，所以合围的第一天，便传下令去，在城外筑起营垒来。只三天工夫，筑了营垒二十四座，守望相助，清兵要突围而出，真是难若登天。从城头上望出去，只见一座座的营垒连绵不断，旌旗密布，剑戟森严，兵士们按时鸣金击鼓，声势之盛，教清兵看了，股栗不止。天王又把唐正财传入帐中，命他把全部水师，从新洲、大胜关起，接连排至七里洲为止，几十里路，中间没有一点儿空隙；不过叮嘱着慎防火攻，就把安庆封来的几百条小船，编为巡哨队,分班哨巡,民船不得摇近战船。太平军似这么的分水陆两路,攻打南京,人数号称百万,吓得陆建瀛魂胆俱丧,只得闭城不出,一任太平军在城外叫骂,总是不给你一个理会。太平军欲待造了云梯来爬城时,谁知城上矢石如雨,徒然折损了许多兵将,南京城却依旧纹风不动。接连攻打了十多天,委实因为南京城经明朝做过都城,所以城垣特别厚,凭你怎样用心机,总是难于奏效。天王在中军帐里,兀是愁眉不展起来,这一夜二更以后,天王出帐巡视,见手下兵士,队伍井然,有条不紊,再看南京城上时,灯火零零落落,士卒一大半已无斗志,只不过胁于上官的军令,凭高下瞩,也就不敢疏虞罢了。太平军军容虽盛,苦于无隙可乘,天王看了一周,回入帐中,便派人去将东王、北王、翼王三位请来。杨、韦、石三人,入得帐中,参见已毕,天王便道:"我们的队伍,从远道而来,所谓以劳待逸,利在速战,可恨陆建瀛自知不敌,他竟坚壁清野,给你一个不理不睬。如若时期延挨得久了,不但清兵援师大至,怕他们里应外合的来奈何我们。便是退一步,假定一时不见有援师开到,我军暮气一生,须防出什么岔枝儿。朕再四筹维,苦无善策,所以奉屈三位替朕想个万全的计较。"翼王石达开启奏道:"陛下忘了广西老弟兄中间有几位是开矿的矿夫吗?"天王点头道:"不错呀,岂但是矿夫?我们老弟兄中间,还有不少是当初东王手下的烧炭党咧。"天王说罢,向东王微微含笑,东王也报以一笑，早听得石达开继续说道："此刻便要用着开矿的老弟兄们了，陛下只消得如此如此，这般这般，便可以破得金陵。"天王闻奏，登时大悦，便降下旨意，说："就着翼王相机行事吧！"翼王领旨，回到自己营中，发下一支令箭，教传土营将军进见。

原来太平军在金田起义之时，烧炭党和开矿的矿夫们争着前来投效。后来兵出湖南，那道州、郴州等处煤矿最盛，挖煤的工人何止几千？翼王石达开是个有心人，便派人去招抚那几千矿工，便全数来投了翼王。翼王特地把他们编成一队，名叫土营，委他们的头目，充任将军。历来战役，开掘壕沟，修缮城池，都是派给土营去担任的。闲话休提，言归正传，且说土营将军，走入翼王帐中，扑的一声，长跪在地，禀道："末将参见王爷千岁，奉令旨呼唤末将，不知有何吩咐？"石达开道："传你来非为别事，只因南京城垣坚厚，急切难破，奉天王圣旨，教开挖地道，限你在十二个时辰之内，备齐应用物件，着手开挖。如若被城中发觉把地道填塞了时，你便须督促部下，另行再挖，务必挖成，然后才好歇手。随挖并须随把火药连入地道之内，好点上药线，使其轰炸。至于轰炸之后，那时便自有骁勇兵丁，蜂拥登城，这就与你无干了，你只要尽你挖地道的责任便是。倘若破了南京，天王重重有赏；要是你的部下，贪生怕死，不能把地道挖成时，本藩执法如山，绝不宽容姑息，仔细你的脑袋吧！"那土营将军,口称得令,石达开又在令箭架上拔下一支令箭来,递在土营将军手里道:“如有临阵退缩,不遵军令的,一律军法从事,准你先斩后报。好生干去,不得违误!”土营将军把令箭双手捧了,诺诺连声道:“遵王爷吩咐,末将告退。”翼王见他去了,又另挑选出两名骁将来,教他们带领敢死兵丁,照令行事,拨派停当,静待到期攻打。单表土营将军回到营中,召集全营官兵,转述翼王令旨。好在这土营弟兄们,原是职有专司的,如遇坚城难下,便须开挖地道。他们本是矿工出身,能在矿穴之中,不见天日的地方,停留三天五夜。那煤矿的矿穴里面是有煤气的,平常人进去,不上一两个时辰,便须窒息而死,他们却是练就了的本领,不论时间久暂,在矿穴之中,宛如没事人一般。所以在开挖地道之时,凭你城里的守兵,不时地发出炮弹来,想阻止他们工作,一时间烟雾弥漫,伸手不见五指;他们却能够不慌不忙拿铲子的拿铲子,起土的起土,运送的运送,管火药的管火药,点火轰炸的点火轰炸,各司其事,一点也没有惧怕的态度。要是城破了以后,太平军进了城关,那修理城垣、填塞地道的种种工作却也是他们的责任。除掉此项专职以外,在野战时,有时要掘壕沟,也得借重土营里的老弟兄。此外杀敌致果,冲锋打仗,却没有他们的份。所以他们有事时,几天几夜,不得休息;没事时几个月都闲着,只是一天到晚睡觉,已经成为常例。别的队伍里,便替他们起了一个外号,叫作开垅口弟兄。普通的事情,绝不来找他们帮忙的,便是上官也另眼相看。如若攻破城池,由于开挖地道,那时节开垅口的弟兄,便算是首功,赏赉自比别营弟兄们特别优厚。太平军部下,既有这一队挖地道的专家,因此有恃无恐,每逢攻打坚固的城池,总使用这老法子。话休烦絮,且说土营兵士,奉了挖地道之命,不敢怠慢,便在仪凤门外动起手来。原来太平军行军最普通的一种策略,便是以进为退,欲擒故纵,譬如他们要准备退兵,在未退之先,必须进兵大杀一阵,好让敌兵不防备,眨一眨眼已是撤退得干干净净,丢下一座座的营

垒,全是空的,每每兵已退了三四天咧,敌兵兀是还不曾知道。又如他们若是想要攻打这一门,在猛攻之前,却偏偏接连两三天丢下这一门不攻,猛攻的倒反是别处城门,好出其不意,杀你一个措手不及。如今攻打仪凤门,他们用的也是这老法子,接连几天仪凤门外,不见有太平军前来攻打,老百姓们便额手相庆,以为有了一条逃生之路啦。谁知在一里之外,土营全体兵士早已铲子把泥土齐飞,邪许与鼓声相应,他们的地道已是掘到了城墙底下啦,可笑城墙上的守兵,兀是还做梦未醒。单表这条地道,只挖了三天工夫,便已工程告竣。土营将弁,一面禀报翼王,一面点上药线。读者也许知道炸药的厉害。说时迟那时快,药线点上不到一盏茶时候,便听得天塌地裂般的一声响亮,地道里炸药一齐爆炸起来,顿时仪凤门的城墙立刻倒塌,露出个一丈多长的缺口来。这一炸不打紧，两方军士都忙了手脚，云屯蚁附，不约而同，都拥向这缺口而来。然而福无双至，祸不单行，一转眼间，这缺口底下埋的第二次炸药，又轰炸开来啦。原来土营兵丁对于这挖地道的玩意儿，确是一出拿手好戏。他们知道每逢地道挖掘成功，炸药把城垣炸坍以后，守城的兵士，困兽犹斗，在这千钧一发之际，自然也不肯放松，忙着要用泥土来把这缺口堵塞。所以这一趟他们故意多做些手脚，教那炸药多炸一两回，好把那堵塞缺口的清兵，一股脑儿都送了性命。果然炸力很猛，把死尸抛出去有一二丈远，更有断肢裂首，一条腿或是一颗脑袋，在半空里飞的。土营兵丁们，这计策虽毒，然而杀人一万，却也自伤三千。你道为何？原来在第一次炸药炸开缺口以后，太平军这一边已有几个不怕死的性急朋友，一声呐喊，便挥刀挺矛，向缺口里冲杀进去，想便借着这一炸之力，攻入城中。岂知他们得意忘形，正在缺口里和清兵短兵相接之际，冷不防那脚底下的炸药，却又第二次爆炸来。炸药是没有眸子的，自然把攻城的自己人也一齐炸死啦。再表守城的清兵，却也有不怕死的，炸药爆发一趟，他们便堵塞一趟，始终不曾让太平军杀开过一条血路。然而凭你骁勇敢死，前仆后继，毕竟逃不过翼王石达开的神机妙算。说时迟那时快，守城的清兵正当百折不回，在极力堵塞那缺口之际，谁知飞将军从天而下，蓦然间有两彪军马，却从城里杀将出来，杀到了城头上，一律都打着太平军的旗号。为头的两员大将,一员是位英俊少年,一员是位书生,原来一个便是陈丕成,一个便是李以文。可怜那些堵塞缺口的清兵,他们目不旁瞬,但知顾着前面,以为只要不放太平军从这缺口攻进城,太平军身上既不曾长着翅膀,料想这一趟挖掘地道又劳而无功,南京城是绝不会给他们攻破的。可笑清兵,这稳瓶抱得太牢了,绝没有防备到陈丕成、李以文会从背后杀上来的。却原来这是翼王定的锦囊妙计,他早从偏裨里面,选出了陈丕成、李以文两名骁将来,教他们带领敢死兵丁,乘着仪凤门地道轰发,清兵手忙脚乱之际,衔枚疾走,拣那三山门清兵守卫单薄之处,架起云梯。陈丕成舞着短刀,头一个爬上城去,劈面便遇着个老弱的清兵,陈丕成轻轻地把刀尖儿向那清兵咽喉里一挑,那清兵便摔向城墙底下,扑通一声响亮,已是掉向城壕里面水中去了。这时李以文在后边督战,便也催动兵丁,如同蚂蚁一般,都往城墙上爬去。此时守卫这三山门的清兵,精锐的一部分,因为知道仪凤门地道轰发,城防吃紧,所以都去仪凤门救应去了,只留下些老弱残兵,在此地充幌子,哪里是陈、李两人的对手,便容容易易给两个把南京城攻破了。陈、李二人,放心不下仪凤门那边,所以进了城关,第一件事情便是到仪凤门来接应,这便是太平军从背后杀来的原因。当下二人你一枪我一刀,使得神出鬼没,杀那清兵如同滚瓜切菜一般,把仪凤门堵塞缺口的清兵,杀得东窜西奔，神号鬼哭，当下放进了大队太平军。陈、李二人才又回身率领全军，来和城中的清兵巷战。兵法上有句成语叫作“先声夺人”，清兵知道三山门、仪凤门都已攻破，哪里再敢恋战，只得三十六着，走为上着，各寻生路，只恨爹娘少生两条腿。李以文便和陈丕成商议，分兵两路，向着总督衙门包抄。其时清朝将军祥厚，带领部下八旗兵正想出城逃命，却好撞着陈丕成，手起刀落，把祥厚斩于马下，其余旗兵全数做了刀头之鬼，不曾走得一个。提督福珠洪阿是个蒙古人，听说祥厚有失，便想前来接应，谁知和陈丕成战不到二三十个回合，便被陈丕成轻舒猿臂，生擒活捉过来，

丢向地下,教兵士们捆了。

再说李以文风驰电掣,向总督衙门而来,路上却偏偏遇见了两江总督陆建瀛。只见他青衣小帽,想冒充百姓,出城逃命,李以文大喝一声,挺枪便向陆建瀛心窝刺来,吓得陆建瀛魂不附体,向地下只一蹲,宛似刺猬般缩作一团。李以文冷笑了一声道:“这厮这么不中用,大概是个文官。孩子们,快给我将这厮拿下,停一会解往翼王跟前,听候发落吧。”兵士们轰雷也似答应一声,取出绳索来,四马攒蹄,便把陆建瀛绑了。你道李以文如何会识破陆建瀛的呢?只为此时两军正在巷战,老百姓们早已把大门关得紧腾腾的,还有哪个泼天的大胆,敢在路上走呢?所以他想这人定然是个清朝军队中的重要人物;况且陆建瀛满身官气,细心些的人,一看便知道。原来他得了城破的消息,逃命要紧,不免乔装改扮得匆忙了些儿,身上衣服虽已换了青衣小帽,脚下的一双靴子却还不曾换得,便是老大的破绽。于是李以文和陈丕成会合在一处,占领了总督衙门。陈丕成忙着指挥手下打扫出几间屋子来,准备迎接天王圣驾;李以文却忙把档案室封锁起来,什么地图册籍之类,不准兵士们乱动。忙乱了好一会,在城外的东王、北王、翼王,已是带领了文武百官,随扈天王进城,便将总督衙门改为宫禁,天王便驻跸在里面。翼王这时又来下令箭一支,教陈丕成、李以文二人在城中搜索清朝余孽,直待过了三天,才下令封刀。这时天王便降旨改南京为天京，大兴土木，把总督府扩充改造为天王府；定服制，招募苏杭织造工匠，定织绫罗绸缎，备制冠裳之用；大封功臣，加东王杨秀清为左辅正军师，北王韦昌辉为后辅副军师，翼王石达开为左军主将，秦日纲为顶天侯，仍兼摄天官正丞相，胡以光为护天侯，仍兼摄春官正丞相，赖汉英为金殿右检点，罗大纲为金殿左检点，曾天养为金殿左指挥，林凤祥为金殿右指挥，罗琼树为恩赏丞相。又因为陈丕成、李以文破城有功，所以授陈丕成为金殿右副指挥，加封李以文为地官副丞相。天王知道陈丕成和李以文两人，都是少年英俊，将来才堪大用，定然可以左辅右弼，为天王股肱之臣，因此特别加恩，教陈丕成改名陈玉成，李以文改名李秀成。后来这两人果然立了不少功劳，一封英王，一封忠王。

东王破向荣

话说太平天国的东王杨秀清，这一天在府中坐着，突然听得南京城外喊杀连天，正要差人去探问，忽有看守城门的部将慌慌张张前来禀道："启禀王爷，那清兵如潮水一般，此刻已把我们天京围得水泄不通了。"东王听了，当下便排齐道子，前呼后拥，亲自到敌楼来看清兵的虚实。哪知不看犹可，一看时，只见旌旗密布，剑戟成林。原来广西提督向荣率领所部，并带了另外几路兵马，破了太平军十几座堡垒，前来围城。

杨秀清暗忖："这老头儿的毅力，着实可佩。想他在我们太平军手里，也不知吃了多少回败仗。常言道：'败军之将，不敢言战。'唯有这老头儿却兀是败不怕。从桂林起追着我们，一路里锲而不舍，追到长沙，追到武昌，这一趟索性追到南京来了。我们若是不能把他和张嘉祥翁婿俩杀退，往后我们天京还有高枕之日吗？"杨秀清想到这里，心头觉得微微一震，回到东王府里，便吩咐击鼓掌号，传集大小将领听点。可是这个时候，翼王石达开

奉命镇守湖北，北王韦昌辉带兵出征江西，所有旧时大将都给石、韦二人奏调，随军在外。在京大将，就只燕王秦日纲，然而负着禁卫大内的重任，不宜轻离。秀清因为缺乏将才，所以预先向安徽把李秀成调回。此刻东王跟前，便算是陈玉成和李秀成两个，是太平军中后起之秀，也就是东王的哼哈二将。

却说秀清升坐帐中，诸将参见已毕，秀清举目向帐下看时，见左首为头的便是陈玉成，英姿飒爽，挺腰凸肚地站在那里，威风凛凛，果然是员骁将；右边李秀成却不然，才华内敛，兀是默默无言，好似老师宿儒一般，文绉绉也不像是个武将。秀清心头思量，今天把动和静两桩任务，分派给陈、李二人，于他们的个性上，真所谓因才使用，再配称也没有，便拔了一支令箭道："陈玉成听令！"陈玉成更不怠慢，走出班来，向着上头躬身施礼道："末将在。"秀清道："命你少带人马，如此这般，不得有误。"陈玉成道声得令，自去披挂上马，不提。这里单表秀清又吩咐李秀成道："命你带领本部人马，出城迎战，头三天只准败不准胜。第四天巳末午初，瞧见清兵大营火起，你便须并力截杀，解了天京之围，只准胜不准败，败了便须军法从事。"李秀成也领命而去。

话分两头，如今交代清营里面，向荣连破南京城外太平

军所筑的堡垒十余座，挥兵直逼城垣下寨，一声号炮便把南京城团团围困，围得水泄不通。这一日不见城中出战，清兵空自叫骂了一阵，直到傍晚，才有兵丁来报，说："从南京城里，冲杀出十几骑人马来，为头的一位少年将军，双目下有两个黑痣的。这人擅使一柄烂银枪，使得神出鬼没，等闲近不得他的身体。现已冲进我军营垒，请大人的示定夺！"向荣忙教张嘉祥前去接战。谁知张嘉祥披挂上马，来到城壕边时，却不见所说少年将军的踪迹。张嘉祥问着他们的兵士时，他们的兵士便说："使枪的少年，冲破了我们营垒，并不恋战，径自往东而去。他手下带的十几骑马，被我们杀了一小半，逃去的不到十个人。”张嘉祥听了笑道：“这分明是杨秀清知道抵敌我们翁婿不住，所以派人不知到哪一路讨救兵去啦。其实不论你哪一路兵马，不来则已，一来了时，管教你来一个杀一个，来两个杀一双，杀得你们片甲不回，那时才知道我张嘉祥的厉害。”

不表张嘉祥回营复命，却说一宵易过，已到来朝，只见城中冲出一彪军马来，为头一员大将便是李秀成，横刀跃马，来向清营讨战。清营中依旧是张嘉祥上前迎着，两骑马便接住厮杀起来。战了几十个回合，李秀成招架不住，便虚晃一刀，跳出圈子，引军退回本阵。城中望见自己人败了下

来,便忙着放下吊桥,接应李秀成回城。张嘉祥如何肯歇,喊一声:“往哪里走?”便催动三军,掩杀过来。谁知李秀成马快,早已三脚两步,上了吊桥,等张嘉祥赶到时,李秀成业已进了城关,城上又把吊桥高高拽起了。张嘉祥追到城壕边,只几个脚慢的太平军,来不及退上吊桥的,被张嘉祥一刀一个,结果了性命。那张嘉祥因为没有追着李秀成,心怀着愤,当下便虎吼了一声,指挥军士们,架起云梯,攻打城池。谁知城头上箭如飞蝗一般,连站都站不住,别说架云梯了,只得也鸣金收军。

第二天太平军又来讨战,张嘉祥出营观看,原来还是那昨天的李秀成,胸中便有些瞧不起太平军了,只冷笑了一声,更不答话,上前抡刀便剁,两人便动起手来。说也可怪,张、李二人,厮杀的结果和昨天竟是一个印版里印出来相似,依旧是太平军战败。张嘉祥好不高兴,当下拍马追赶,谁知依旧被飞蝗般的箭射回。一连两天,都是如此。张嘉祥心下便把李秀成看得一文不值,以为第三天那李秀成总不见得会再来啦。谁知到了辰光,向阵前瞧时,讨战的却还是那李秀成。张嘉祥又好气又好笑,便指着李秀成骂道:“你这人好不要脸,一连两天,败在咱老子手中,战不到一百个回合,你又拨转马头,逃回你城中去啦。今天倒亏你还会有这副嘴脸,来向咱老子讨战。”李秀成笑道:“胜败乃兵家常事,你别倚仗着本领高强,门缝里瞧人,把人都给瞧扁了。

我且问你，你的岳丈向荣，也不是咱们东王手中的败将吗？怎么倒也有这副嘴脸，一路里追赶我们。从桂林追起，追到长沙，又追到武昌，今儿索性追到南京来了。依你说，你的岳丈便是第一个不要脸！”李秀成一席话，说得张嘉祥顿口无言，良久才勉强笑道：“打仗的事情，全仗实力，须不是用口舌可以取胜的。你们东王如若是好汉的话，便该亲自出阵，两下里大家拼一个你死我活。便是打败仗也打得痛快些，强如派你这样的人来到阵前献丑呢？”李秀成道：“好，我一个人的本领高低，和两军胜负无关。我虽然接连两天战败在你手中，然而我们东王驾前，猛将如云，谋臣似雨，谅你们丈人女婿俩也不敢猖獗。你如若定要在我们东王跟前领死时，我回去好拜上东王，明天决定由东王千岁亲自出阵，和你那丈人向荣决一雌雄……”李秀成和张嘉祥在阵前约好了来朝决战，这一天两人便不曾交手。城上鸣起金来，张嘉祥目送李秀成慢条斯理价指挥本部人马，缓缓地从吊桥上回城而去。

过了一天，张嘉祥以为还是和头几天一样，城中出战，该在未正，所以巳末午初，清兵营里，正在埋锅造饭，还不曾熟时，忽听得南京城里炮声隆隆不绝，接着喊杀连天，好似有千军万马，将要掩杀过来一般。张嘉祥慌忙披挂上马，出得营门，抬头瞧望，果然见那太平军漫山遍地而来，为头的

一员大将，正在舞刀把清兵截杀，刀锋起处，人头滚滚，鲜血直喷。张嘉祥远远价望见这人武艺高强，定然不是无名小卒，及至把这人面貌瞧清楚了时，哎哟两字，便脱口而出。原来千不是万不是，偏偏就是自己手里败军将军的李秀成。不过今天李秀成一柄大刀，使得五花八门，教人瞧得眼花缭乱，和前几天判若两人，其中定然有甚蹊跷。况且昨天约定杨秀清今儿亲自出战，怎么这会子不见杨秀清的影子，分明是太平军在使什么诡计咧？张嘉祥他正在极力思索，谁料李秀成已是杀到了跟前，再没有时间容许张嘉祥从容思考，只得也舞动兵器，上前迎战。不过他还想和李秀成答话，可怪那李秀成兀是如哑巴一般，凭你如何问他，他只是给你一个不瞅不睬。况且李秀成手中的刀，又是丝毫不肯放松，简直只拣张嘉祥要害之处砍来。要是张嘉祥分一分心，准得吃李秀成一刀，重则送了性命，轻则亦非带花不可（军中术语受伤叫作带花）。这一来可也惹起了张嘉祥的火来啦，心想你这人好不讲理，难道说咱们怕你不成？当下便也施展出平生的绝技来，和李秀成你来我往，杀作一团。列位读者，他俩今天这一场厮杀和头两天不同，都只为两人一齐怀着必死之心，真个是棋逢敌手，将遇良才，直杀得天昏地暗，鬼哭神号。

却说东王杨秀清因这一次战争关系两军生死存亡，所以等李秀成接住张嘉祥厮杀时，他也自己督率了大队人马，

绕道来攻清兵的大营，第一步便把通济门外七瓮桥这要隘夺了过来。向荣因为张嘉祥已被李秀成牵制住，不能回兵救应，只得亲自出马，来夺那七瓮桥。果然向荣是个名重一时的老将，太平军中，人人惧怕，个个担心，一见他来到，便发一声喊，把七瓮桥抛弃了，簇拥着秀清自回通济门逃生。向荣好不畅快，便挥兵追杀，想乘胜抢入城中。读者们请记着，清兵因为太平军声势浩大，所以今天这一仗，也倾全营的兵力，上前接战。这一边张、李二人在厮杀，那一边向荣被秀清用调虎离山计引诱离开了大营。清兵全部既在前敌，那大营自然特别空虚，只胜下老弱残兵，在那里虚张声势地把守着。说时迟那时快，猛可里从东边——便是镇江方面，杀来了一彪军马，掩入清军大营，因为无人阻拦，所以便在清军营寨里放起火来。霎时间烈焰腾空，那天气又值十分干燥，眨一眨眼，四围全是火，中间便变成了火海，漫延得不可收拾。这一彪放火的军马，为头的一员大将，长身玉立，双目下有黑痣，原来便是陈玉成。

只因陈玉成奉了东王之命，杀出重围，驰往镇江，会见了太平天国派在镇江的守将叫作吴如孝的，依照东王所授锦囊妙计，约定了在某月某日，巳尾午初，引兵劫夺清兵大营，放火焚烧。果然清兵大营空虚，无人抵抗，容容易易地

便得了手，把向张翁婿俩经营的寨栅堡垒烧成平地。那在前敌的张嘉祥无意之间，回头瞧见自己的大营着了火，连半边天都红了，那火势定然不小，只吓得三魂渺渺，六魄悠悠，几乎在当场晕了过去，忙虚晃一刀，回兵来救大营。李秀成望见了火光，暗暗佩服东王料事如神，自然也不肯轻易收兵，便在张嘉祥后面，紧追不舍。张嘉祥只得回身来，依旧和李秀成苦战。更有向荣这一路，望见了火光，暗暗叫声不好，忙想收兵回去救火，谁知不迟不早，通济门开处，太平军宛如潮水一般，拥出城外而来，口中只是叫道："休要放走了那向荣老狗。"向荣知道已经中计，也就不敢恋战，一边招架，一边退着，谁知退到半路上，偏生又遇见了陈玉成。原来已是烧了清营，所以在向荣背后杀来，拦住向荣退兵之路，前后夹攻，清兵大败。又值溧水、金柱关一带的太平军，先几日得了东王约期夹攻的命令，此时也已和李秀成会合在一处，将张嘉祥团团围住。那张嘉祥知道大营已失，也无心再战，忙着杀出重围，找着了向荣，保护着他收拾残卒，逃往丹阳而去。可怜向荣经此刺激，便因气成疾，医治无效，死在丹阳。至于张嘉祥，后来竟力战阵亡。

韦昌辉力刺杨秀清

太平天国定都南京以后，东王杨秀清把持政权，天王也奈何他不得。因此，秦日纲、赖汉英、洪宣娇等想谋刺东王。一日，赖汉英瞧到有个机会，便约了秦日纲、罗琼树二人，一同到西王府和天王义妹、已故西王之妻洪宣娇商量，如何下东王的手。罗琼树纯粹是个粗人，要他出主意，他只有白瞪眼的份儿，一句话也说不出口。还是秦日纲粗中有细，当下便献计道："我们这一方面，讲到武力，绝不弱似东府。杨秀清手下，只有陈玉成、李秀成两个，然而这两个人现都带兵在外。其余都是没用的家伙，你们两人都可以对付得。据我看来，我们这一面还缺少一个有声望的人主持这件大事。因为杨秀清这厮，权位声望，都在你我之上，我们若是把他宰了，须防大众不服，不如把北王找回来，请他发难，包管万无一失。"

赖汉英听了，点头不迭，当下便假借天王的名义，修下一封密信，去到江西把韦昌辉追回来。赖汉英是个工于心计的人，便出城去在半路上迎候着，先和昌辉背着人密议了一番。所以昌辉入了天

京，不去觐见天王，却先到东府来向秀清请安，等敷衍过了秀清，才自回北王府休息。

杨秀清见昌辉从江西回来，便备酒和他接风。谁知昌辉已和秦日纲、洪宣娇、赖汉英一干人，定下密计，便要结果秀清的性命。可怜秀清兀自睡在鼓里一般，这一天吩咐厨子说：“菜肴须要特别丰盛。”哪料昌辉早已预备下百余个精通拳棒的心腹，青衣小帽，乔装做书童模样，和燕王秦日纲俩率领着，前呼后拥，往东府而来。秀清亲自降阶迎接，见昌辉携带的童儿，都是徒手，便吩咐卫兵不必拦阻，一律都放进中门。哪里知道这百余个童儿，身上没有一个不藏着刀剑。宾主寒暄已毕，秀清便吩咐排席，好在并无外客，便是东、北、燕三王。此外陪席的也只是东府文武属官，如陈承瑢等一班人，唯有何震川却托病不到。大家入席坐下，酒过数巡，秀清便教拿大杯来，说今天不分官职大小，务要畅饮尽欢。陪席的不敢不依，便真个开怀畅饮起来，只有昌辉却推说途中劳顿，所以涓滴不饮，日纲也虚故事，举起酒杯来，略略沾了沾唇，便放下了。主人杨秀清却不知从哪里来的一团高兴，真是酒到杯干，只管仰起脖子来，咕嘟咕嘟地将酒往肚子里灌。喝了有半个时辰，秀清已有了七八分酒意，日纲向昌辉使了个眼色，昌辉会意，便借着天热为名，把头巾脱下。原来这是昌辉预先和心腹们约好的暗号，心腹们一见，便知是时候了，暗地里也就摩拳擦掌，准备厮杀。这里韦昌辉便站起身来，走出座位，走向秀清跟前，嘴里却

信口胡诌着道:“小弟有一张地图,是这回在江西得的,兄长你瞧瞧,真是无价之宝咧!”边说边探手到怀中去,真像要拿出地图来的一般。秀清信以为真,兀是仰起了胸脯,乜斜着一双醉眼,瞧着昌辉,等候他拿出所谓无价之宝来。此时两人相距不到一尺,说时迟那时快,昌辉急忙把探在怀中的手抽了出来,可是并无地图,握定在昌辉手中的,却是一柄明晃晃的牛耳尖刀。常言道:“无毒不丈夫。”昌辉既已亮了凶器,当然先下手为强,便将刀用力向秀清心窝里猛扎。秀清醉眼蒙眬,还不曾瞧得清楚,胸脯却已着了一刀,都只为昌辉用力太猛,前胸扎进去的那刀尖,兀是在后背透了出来,钻进了那张太师椅的靠背上，连人带椅，好似一串扦光荸荠般，他的身子便休想动弹。常言道“心为血海”，杨秀清心上吃了一刀，那血便如潮涌一般，打从创口里咕嘟咕嘟地向外直冒。这也不在话下。

单说杨秀清陡觉心坎里一凉，便忙着低下头去观看，才见自己简直变成血人啦！当下便扭转脖子来瞅着昌辉喘息着道：“韦贤弟，自家手足，便是有仇，怎么下得这般辣手？”这四句话一句句，一字字，送入昌辉耳朵，赛过在昌辉心窝里也还敬了一刀相似。可是事已如此，不由他不硬着头皮答道：“还说什么手足？我只知道奉了天王之命，来结果叛国的逆贼。”话声未绝。那秀清蓦地大叫了一声道：“痛死我也。”接着便双目向上反插，两腿向前一挺，死于非命。却说秦日纲见昌辉得了手，便也霍地从身上掣出兵器来。阶下昌辉的心腹人等，不用说，自然也各自亮了家伙。这一来不打紧，可是把陪席的许多东府里的文武官员们，吓得魂飞天外，魄散九霄。文官们便想三十六着，走为上着，逃命要紧。武官们也有想逃的，也有想去找兵器来抵抗的，顿时便闹得鸦飞雀乱，马仰人翻。昌辉便大喝道：“我等奉了天王之命，来此诛夷逆贼，你们都不许擅动，谁动，便要谁的脑袋。”这句话一说，果然大家便不敢动了。昌辉带来的心腹中，有一个身上藏着一枚浏阳炮仗，便掏将出来，点上了药线，只听得接连着砰砰两声响亮，那半截炮仗便被火药直送到九霄云外，远近三五里路以内，都听见这声息。原来这便是和赖汉英、罗琼树约好了的号炮。这一声号炮不打紧，赖汉英率领了埋伏着的五千甲士，便发一声喊，来攻打东府后门。罗琼树也带了三千人马，来攻前门，喊杀之声，震动天地。昌辉带的心腹，便里应外合，分两路杀将出去。可是东府里除掉将弁在陪席饮酒之外，卫兵一共也有一万多人，这一万多人满不知道今天因何起事，只是得到消息，说是王爷遇害，又见北王府里的人，横冲直撞，如入无人之境。他们一来惦念着秀清的恩德，二来抱着水来土掩、兵来将挡的观念，将官们不抵抗，小兵们却非抵抗不可，因此便也刀出鞘、箭上弦，就在府门以内，和北府里的人厮杀起来。北府里的兵遇着了抵抗，也就心头火起，舞动兵器，逢人便杀，顿时把一座庄严伟大的东王府化作了战场。

再表东王府的卫兵们，此刻还没有知道秀清是谁杀的，虽然时间上来不及救回活的东王，但已死的东王横陈在血泊中的尸身，他们却也想从北府兵士手中去抢将出来，所以一交手，便向那宴客的厅上，拚命冲杀进去。此时东王府的卫兵，人人眼胞里含着一副哀悼秀清的痛泪，也就是人人抱着愿与东王同死的念头，因此无不以一当百，刹那间，便攻进了厅中，把北兵杀得屁滚尿流。韦昌辉一瞧势头不好，他是个十分机警的人，忙着将身一晃，杂入自己带来的心腹队中，杀出重围而去。这里厅上，便只剩下秦日纲一个。日纲自仗拳棒精通，等闲一二百人，近不得他的身体，所以还是如同中流砥柱一般，站立在厅中，和东军格斗，全无惧色。有的东军走近他身体，却被日纲将腿向地上一扫，那些东军却站立不稳，早一个个仰面朝天，跌得不亦乐乎。在后面接应的东军，知道不是日纲的对手，便有些趑趄不前起来。然而日纲越上劲，东军越疑虑，他们不知道秀清是昌辉所杀，此刻见日纲负嵎自固，便一口咬定日纲是谋杀东王的凶手，不拿秦日纲来抵东王的命，东王死在地下，也绝难瞑目的。他们见日纲拳棒高强，非肉搏所可取胜，便不由分说，把洋枪瞄准了日纲，雷轰电掣地一阵响，日纲手腕上，便着了一枪弹，手中的兵器，把握不住，当的一声，已是落在地坪之上了。说时迟那时快，东军一拥上前，众刀齐下，便把日纲剁成肉泥。

这凶耗传到昌辉耳中，不由得暴跳如雷，便一方面向外边调动大军，前来围剿，一方面下令教赖汉英、罗琼树放火焚烧，可怜把东府便立地付之一炬。东府里的文武官员，以及婢妾、兵丁、仆役，一共杀死了一万多人。那尸首都烧得面目模糊，手足焦黑，如同木炭相似。

且说韦昌辉杀了杨秀清，朝中军政大权，便都归他一人掌握。恰值翼王石达开闻得天京内乱，便从湖北回来，自有秀清旧部，哭诉给他听。石达开勃然大怒，便来责问昌辉说："东王谋反，至多将他斩首，为甚要将他的家眷都杀死

呢？将他的王府烧为平地呢？连累无辜的官员、兵将们死了一万多，这是哪里来的理性。”昌辉恼羞成怒道：“好，你帮着秀清，难道也想造反不成？”翼、北二王，一言不合，几乎竟打起架来，经左右把他们拉开了才罢。昌辉便恨得牙痒痒地道：“斩草不除根，逢春依旧发，索性连石达开也宰了吧。”达开得知了这个消息，便连夜缒城逃往宁国。昌辉发一个狠，领兵来围了翼王府，把达开老母、妻子，一股脑儿都处了死刑。天王闻报，大惊失色，忙派人去救护时，已经不及。那赖汉英和洪宣娇两人，当初只图快意，谁知道前门拒虎，后门进狼，来了个韦昌辉，比起秀清来，更要辣手狠心上十倍，心中便不由得十二万分懊悔起来。

且说韦昌辉杀了东王，又杀了翼王的全家老小，大家都想报仇。昌辉在这个环境之下，如何能保得住首领？又值达开在皖南得知了全家被戮，便起兵清君侧。那告急文书，便雪片般的送往天京而来。天王只得命赖汉英、罗大纲去北王府拿捉昌辉。偏生又事前走漏了消息,因此那昌辉便仿效达开缒城夜遁,想北走河南,另觅出路。谁知他已是恶贯满盈,凑巧这时镇守浦口的天将,却是东王的党羽。仇人相见,分外眼红,一声令下,便把昌辉拿下,解回天京,便被天王派赖汉英监刑,把他斩首市曹,距离秀清被杀,只隔一个月光阴。

李秀成智取名城

话说自从天王定鼎金陵，太平天国声势之盛，无以复加，以土地论，也几乎和清朝平分中国了。清朝皇帝坐在北京城里，得知了这个消息，吓得魂不附体，便降旨责成各省文武官员，务必要夺回失地。清吏奉命，却也不敢怠慢；不过天王坐镇南京，其锋甚锐，一时不能够与他争雄。然而剪除太平军的羽翼，以后再图根本解决，这个计较却如箭在弦上，不得不发。凑巧安庆守兵单薄，便被清兵夺了回去。告急本章，到达天京，天王勃然大怒，便拜胡以光为豫王，教他带领本部人马，火速前往安庆，要是杀败了清兵，乘势便好问鼎中原。胡以光当下点齐本部人马，预备向安庆进发，天王怕他没有帮手，便派忠王李秀成随军听候胡以光调遣。胡以光知道李秀成是天王亲自拔擢的人，便命他带领三千名兵士做前部先行官。李秀成奉命疾行，在路非只一日，这一天探子来报说："前面有清兵挡住去路。"李秀成排开阵势，和清将打话，一问姓名，却原来是清朝副将伍登庸。那伍登庸欺李秀成年轻，简直有些瞧他不起，横刀跃马遥指着李秀成笑道："为什么不教胡以光出马，却弄一个乳臭小儿前来送死呢？"这几句话要是说给陈玉成听，便免不得要三尸神暴跳，七窍怒生烟；李秀成却不然，听了反微微含笑。原来他瞧见这些清兵，都

是以前从南京逃出来的，乃太平军败军之将，量他们见了我军，宛如惊弓之鸟一般，这是可以智取而犯不着力战的。常言道："杀鸡焉用牛刀？"何必白费力气去对付这些没用的人呢？当下眉头一皱，便计上心来，就在马上笑着答道："姓伍的休得小觑了我们，你可知道我小爷绰号飞将军，能够在半空里飞来飞去，取你的首级，如探囊取物一般，不信，你便看我飞给你瞧吧？"李秀成说罢，把令旗招展，兵士们顿时变了阵势，猛可里从后边推出十几尊钢炮。李秀成把令旗只一挥，那钢炮同时放射，只不过并无炮弹，霎时间便烟雾漫天，太平军的身影都已笼入硝烟之中。清兵见李秀成开炮不装炮弹，真合着一句俗语，叫作“弯弓不放箭”，不禁都好笑起来。谁知再一瞧时，忽地清兵阵里有人怪叫起来道：“啊呀！不好了！太平军真个会飞的呀！”众人闻喊，便都定睛望去，果不其然，半空中有无数穿红衣服的太平军，在飞着扑向清兵阵里而来。

列位读者，有所不知，这队清兵，原本是太平军手里吃过败仗的，不曾交绥，他们胆先怯了。如今瞧太平军果然会飞，适才李秀成的话不是骗人的，这分明是妖法咧，血肉之躯，今何抵敌得住？因此发一声喊，便四散奔逃，伍登庸哪里喝得住。阵脚一动摇，便如摧枯拉朽一般，再也休想能和敌兵接战。况且李秀成见用的计谋，已见了效力，便又挥动

令旗，钢炮依旧退入阵中，步兵一齐掩杀过去。清兵始终并示抵抗，已经全部溃散。单剩下一个光杆副将伍登庸，正想跟着兵士们作一处逃走时，李秀成的枪尖已到，不及避让，从后面胁肢窝里穿进，从前面右乳旁边透出，不折不扣，一个透明窟洞，翻身落马，啊呀呀都来不及喊，便已背脊朝天，死于马下。当下李秀成便容容易易得了集贤关，派兵丁来向后方的胡以光处报捷。胡以光不解胜得这么快，是何缘故。去报告的兵士，如此这般，说了一遍道："哪里是真飞？是李将军教大家乘着烟雾漫天之际，脱下穿的红外褂来，向空中抛去，远望硝烟之中，便好像真正是同飞的一般。那清兵在我们手里打过败仗，不曾接触，心里早已慌了。再一瞧我们好像有法术的一般，心里越慌，越没有斗志，不溃散，难道还站着送死不成？李将军这条计策，造化我们兵不血刃，便得了集贤关。所以李忠王差小的来禀报豫王爷，请豫王爷指示，该进该守，等候豫王爷吩咐，李忠王好照着办。"胡以光听了，胸中也自暗暗称赞李秀成能干，便叮嘱那兵士道："你去回复李将军，说'豫王有令，教李忠王引兵速往桐城……'"

那兵士领命，便回去把胡以光的话转述了一遍。李秀成不敢怠慢，分兵一小队，把守集贤关，其余的部曲便全部带领了，杀奔桐城而来。再说桐城地方和合肥邻近，这两个城在安徽省里算是人文荟萃之区，最多所谓书香门第。就中单说有位叫作马三俊的，进士翰林，少年科第，做到工部侍郎，才致仕家居，在桐城地方，算是位尊德劭的乡绅。有一天知县办了酒席，把在籍的绅士们都请了来，推马三俊为首座。马三俊探询知县请客的本意，却原来因为太平军攻下金陵之后，匪氛四起，清廷严旨切责地方守土之官，说他们不尽职责，以后如若再失守城池，定然明正典刑，绝不姑息。所以桐城知县，想和绅士们，商量出一个未雨绸缪的方法来。马三俊问明白，便掀髯说道："古时保甲之制，法美意良，其实便是寓兵于农。为今之计，要巩固防务，莫如训练百姓们以攻战之术。虽说古人以驱市人而教之战,倒为兵家大忌;然而倘使授以各种战术,则百姓们自己身家性命所系,没有不出死力以捍卫乡里的。所以据老夫的愚见,以赶办团练为上策……”马三俊这么一说,大家异口同声,都说上策上策。这样一席酒,便算把城防大计定局。知县一封聘函,便聘请马三俊为团练局总办,会衔布告,招募团丁。谁知应募投效的,全是颍州、寿州、亳州一带游手好闲之辈。马三俊是个读书人,平日深居简出,外边的情形不大熟悉,以为颍、亳、寿一带,民风强悍,充团丁再也配称没有,所以

来一个收一个,来两个收一双,名为团练,其实是青皮流氓、地痞恶棍的大集合。马三俊却也一样请了教官,下校场朝夕训练,也就不在话下。这一天探子报说:“李秀成兵队,相距只有十里之遥了。”马三俊大义凛然地亲自督率着团丁,出城迎战,两军相遇,各自排开阵势。李秀成便派手下偏裨,出阵和团练的头目交战。战不上十个回合,太平军偏将不支,拨转马头,逃回本阵。马三俊大喜,便风狂雨骤,敲起鼓来,挥兵掩杀过去。太平军急急退兵,因为怕团练追赶,所以把金银锱重以及衣服绫罗,抛弃满地。这一来可坏了,那班团练本来便是地痞流氓,平日无非敲诈良民,鱼肉乡里;再不然,便是纠合同党,明火执仗,去劫掠一趟。这样的人,你想他们见了这许多金银衣物,哪有眼睛里不要喷出火来之理。这时得意忘形到了极点,便把追赶敌兵的那件任务抛向九霄云外,一个个弯着腰,向地下捡起黄的是金,白的是银,只向腰里乱塞。马三俊欲待禁止时,哪里禁止得住?正当在这紧要关头,太平军忽地顿兵不走了。一声号令,便从后面拥出一队兵来,只见一律是彪形大汉,穿着古时的盔甲,手中执的兵器银光烂然,尽是些槌咧、大劈刀咧、方天画戟咧,也都是古时的制度。这一簇大汉中间,拥定一人,丹凤眼,卧蚕眉,赤面长髯,绿裙黑靴,手执青龙偃月刀,身骑赤兔追风千里马;旁边两员裨将,一位面如锅底,绕颊虬髯,一位粉面朱唇,年少无髭。马三俊手下的团练瞧见

了，便发一声呐喊道："啊呀！不得了！关帝爷爷显圣啦。"这一喊不打紧，顿时便旗靡辙乱，四散奔逃。李秀成乘机追杀，直追到桐城城门洞里，看守的兵士，措手不及，便被李秀成夺了城池。马三俊也阵亡了。

原来这一队神兵，便是李秀成预先在所部兵士中间，挑选许多身材高大的人，穿了戏班里的帽袍，涂面挂须。手中执的兵器，又高又大，和真兵器不同。那银锤的圆径，就和栲栳一般大。大刀背阔有四五寸，刀柄长有五六尺。那锤和刀贴的全是锡箔，在阳光底下，却也闪得人眼花缭乱。外加黄旗羽葆、绣盖幡幢，装成伏魔大帝的样子，突然间簇拥着来到阵前。可笑那些团练们，本来是未练之师，又都是迷信极深的，鬼神之说，一向就潜伏在他们的下意识里，今天蓦地瞧见了这玩意儿，当然共相惊骇，以为真的是关圣大帝显灵咧！因此，太平军不费吹灰之力便把桐城攻下。时在旧历十月十五，至今桐城人犹在这天作破城纪念，因为破城时，人民被杀，着实不少，女人被杀得更多。

李秀成进城，驻节吴家大屋，改名“忠王府”。有一骑快马，上坐个差官模样的人，背上背了支令箭，进了桐城城关，又是加上一鞭，那马便泼剌剌放开四只蹄子，一直奔向“忠

王府”而来，到了府前，这才滚鞍下马，进见李秀成道：“豫王有令，宣召李忠王速往舒城接应，须要即刻启程，千万不要延挨！”差官说时，便把令箭递过。李秀成验过令箭印信不差，一面款待差官酒饭，一面便亲下校场，点齐兵马，只留下个卒长，防守桐城；又教地方上公推一位乡官，出来暂理民政。布置已毕，因为军情紧急，不敢停留，便率领本部人马，杀奔舒城而来。在路盘问差官，才知道胡以光自从派李秀成前往攻打集贤关、桐城一带，自己却带兵进取舒城。在胡以光的意思，以为李秀成初出茅庐，尚且屡次建立大功，自己总算是他的司令，怎么可以因人成事，毫无建树呢？因此非把舒城攻下不可，好挣回面子。谁知急惊风偏偏遇着了个慢郎中，那舒城地方守土的官吏并不怎样了得，倒是有个团练大臣，却千真万确，是个将才。此人姓吕名贤基，安徽泾县人。原来泾县吕氏也和桐城马氏一般，是世代簪缨的大族。这位吕贤基是个翰林院编修，在舒城一处书院里当山长，虽然一介书生，却是深通韬略。因此地方官请他办团练，他欣然允诺。他所招的团练和桐城马三俊可不同，挑选士卒，务极精锐，所以远近土匪都被团练剿得肃清了。清廷嘉其有功，便特授他为团练大臣，驻节舒城。你想胡以光遇着了这么一位劲敌，急切里如何攻打得下？况且吕贤基能够知己知彼，如若遇见了寻常小股的土匪，自审力所能敌时，他绝不躲避，老实便接住厮杀。如今一瞧胡以光带领着几万人马，声势浩大，舒城弹丸之地，哪里禁得起背城借一？所以踌躇了一下，传下令去，教百姓们帮助着团练守城。有钱的出钱，无钱的出力。壮丁一律登城守卫，老弱妇女们便做那接应饭食茶水的工作。送东西和慰劳的，相望于道。这便是因为吕贤基深得民心、兵心的缘故，所以吕贤基下的命令，大家奉行唯谨。太平军知道吕贤基是个劲敌，口令上异口同声地传着“杀吕妖”，一直传到桐城方面去。驻扎桐城的太平军听到这个口令，便把桐城全县的女人，遍处搜捉，一一押到城墙上，一刀一个，身首分家，尸身都推到城下去，直杀得尸身堆积高与城齐，事后才知道听错了口令，把姓吕的吕字当作女人的女字，因此误会，酿成浩劫。

却说胡以光到了舒城，兵临城下，吕贤基胸有城竹。他交代部下只许守，不许战。凭你胡以光用刚的方法，架起了云梯，尽力攻打；吕贤基却以逸待劳，滚礌木石，金汁灰瓶，连珠价打将下来，好教你们云梯之上站立不住，只得连人连梯仰面倒于城下。有时胡以光用柔的方法，在城下大声辱骂，骂出种种血淋淋的恶詈来，甚而至于把吕贤基的祖宗父母，骂一个狗血喷头。吕贤基却只当你是在歌功颂德，绝不来还骂你一言半语；也绝不因为你骂得凶，他火冒起来，竟开了城门，放下吊桥，匹马单枪来和你拼一个你死我活。这一种方法，吕贤基便是采的坚壁清野之法，所以你骂你的，他却给你一个不理会。等你自己骂得口枯舌燥了，自己罢

休。胡以光相打没了对头人,便是软硬并用,哭笑俱全,叵奈俏媚眼全做给瞎子看,见怪不怪,也自枉然。所以李秀成连下集贤关、桐城两个要隘,胡以光却连一个舒城都不曾破得,没奈何才来向李秀成求助。好一个李秀成,一路里在差官口中,打听得了实在情形,真个合着一句成语,叫作"救兵如救火",风驰电掣,不久已是到了舒城,进入胡以光帐中。参见已毕,胡以光叹了口气道:"本藩用尽心机,可恨吕贤基那老龟,缩紧在龟壳里面,只是不肯伸出他那颗脑袋来。李将军你可有妙计,能捶碎那老龟的龟壳吗?"李秀成路上早已想着了一个计较,所以不慌不忙答道:"王爷休得着慌,只消如此这般,舒城不难破得。"胡以光听了大喜,便如法炮制，按下不提。

却说那吕贤基见胡以光计穷力尽，无法可施，这才心里定了些儿。谁知道这一天当夜，就出了花样：那李秀成一到，便在部曲里边，选出几十名敢死的军士来，就教他们在当夜三更以后，架起云梯，向城头上爬去。虽然给守城的团练，尽力抵御，杀了一大半；然而他们的目的并不是想在这个时候把舒城攻破，只是虚张声势，扰乱他们的军心而已。所以有一小半爬进了城，目的已算达到。这一小半进城的兵士，便在大街小巷之间，放起火来。你想斗大的一个城里，有十几处地方着了火，这乱子闹得还算小吗，外加城外

的太平军又把火箭连珠价射进城中，如同飞蝗一般，增加那城中的火势。凭你吕贤基训练那些团练们训练得再镇静些，城中有十几处地方起火，可不能不慌乱啦。一慌乱，城头上防守的力量，便打了折扣；防守的一疏懈，那太平军便乘虚而入。乘这个机会，蜂拥上城。可怜这舒城的城池，便在此日此时被太平军攻破，城门开处大队人马一哄入城。好一个清朝的团练大臣吕贤基，总算见危授命，听说城破了，便拿腰刀自刎毕命。谁想他六十多岁的年纪，到头来还不免自尽。李秀成在未攻入舒城以前，早都知道吕贤基深通韬略，心里已是十分爱慕他，所以想保全他一条老命。谁知吕贤基大限临头，等到李秀成进城，他老人家早已陈尸在团局的血泊之中，身体都已冰冷了。

再说胡以光、李秀成俩连破了三处要隘，声威大震，这会子两人合兵一处，便来攻打安庆。清兵得知消息，便等不到和太平军交战，早悄没声儿地退出省城而去，胡李两人容容易易便把安庆夺回，当下修下本章，便差人赍向天京告捷。天王闻奏，自是十分欢喜，文武百官，便都来祝贺。

明湖居听书

清朝时候，有个名叫老残的，原是江南人氏，懂得医道，常常摇个串铃儿，奔走江湖，替人治病糊口。

这一年，走到山东古千乘地方，因慕大明湖的风景，便动身去游玩。

他到了济南府，进得城来，家家泉水，户户垂杨，比江南风景，觉得更为有趣，便在小布政司街，觅了一家客店，名叫高升店，将行李卸下，住了下来。

次日清晨起来，吃点儿点心，便摇着串铃，满街踅了一趟，虚应一应故事。午后便步行至鹊华桥边，雇了一只小船，荡起双桨，朝北不远，便到了历下亭前。上岸进去，入了大门，便是一个亭子，油漆已大半剥蚀完了。亭上还系着一副对联，写的是："历下亭子古，济南名士多。"上题"杜工部句"，下署"道州何绍基书"。亭子旁边虽有几间房屋，却没有什么意思。复下船向西荡去，不远又到了铁公祠畔。你道铁公是谁，就是明初与燕王为难的那个铁铉。后人敬他的忠义，所以至今春秋时节，当地的人尚不时来此

进香。

到了铁公祠前，朝南一望，只见对面千佛山上，梵宫僧楼，与那苍松翠柏，高下相间，红的火红，白的雪白，青的靛青，绿的碧绿；更有那一株半株的丹枫夹在里面，仿佛是宋人赵千里的一幅大画，做了一架数十里长的屏风似的。正在欢赏不绝，忽听一声渔唱，低头望去，谁知那明湖简直澄清同镜子一般。那千佛山的倒影，映在湖里，显得明明白白。那楼台树木，分外光彩，觉得比上头的那个千佛山还要好看，还要清楚。这湖的南岸上去，便是街市，却有一丛芦苇，密密遮住。恰值开花的时候，一片白花，映着带水气的阳光，好似一带粉红绒毯，做了上下两个山的垫子，实在奇绝。

老残心里想道："如此佳景，为何没有什么游人？……"看了一会儿，回转身来，看那大门里面楹柱上，有副对联，写的是："四面荷花三面柳，一城山色半城湖。"暗暗点头道："真真不错。"进内便是铁公的享堂。朝东便是一个荷池，绕着九曲回廊。到了荷池东面，就是月门，月门之东，有三间旧房，上有破匾，题着"古水仙祠"四个大字。祠内一副旧联，写的是："一盏寒泉荐秋菊，三更画船穿藕花。"

过了水仙祠仍旧荡船，到了历下亭的后面。两边荷叶荷花，将船夹住。那荷叶初枯，擦得船嗤嗤价响。那水鸟被桨惊起，格格高飞。那已老的莲蓬，不断地蹦到船窗里面来。老残随手摘了两个莲蓬，一面吃着，一面船已到鹊华桥畔。

老残绕到了鹊华桥，觉得人烟稠密。也有挑担子的，也有推小车子的，也有坐二人抬的蓝呢小轿的。看这轿子后面，一个跟班的戴个红缨帽子，膀子底下夹了个护书，拼命价飞奔，一面用手巾揩汗，一面低着头跑。街上五六岁的孩子，不知避人，被那轿夫无意踢倒一个，他便哇哇地哭起来了。那孩子的母亲，赶忙跑来，问："谁碰倒你的？谁碰倒你的？"问了两句，那孩子只是哇哇地哭，并不说话。问了半天，才带哭道："这抬轿子的人。"他母亲抬头一看，那轿子已经抬了有二里多远了。那妇人挈了孩子，嘴里咕噜咕噜地骂着，就回去了。

老残从鹊华桥往南，缓缓向小布政司街走去，一抬头，

见那墙上贴了一张黄纸,有一尺长、七八寸宽的光景,居中写着“说鼓书”三个字,旁边一行小字是“二十四日明湖居”。那纸还未干燥,心知是才贴的,只不知道是什么事情,别处也没有见过这样的招纸。一路走着,一路盘算,只听得耳边有两个挑担子的说道:“明儿白妞说书,我们可以不必做生意,来听书罢。”又走到街上,听铺子里有人说道:“前次白妞说书,是你请假的,明儿说书,应该我告假了。”

一路行来,街谈巷议,大半都是这话。心里诧异道:“白妞是何许人?说的是何等样书?为甚一纸招贴,便举国若狂如此?……”信步走来,不知不觉,已到高升店口,进得店门。茶房便来回道:“客人用什么夜膳?”老残一一说过,就顺便问道:“你们此地说鼓书,是什么玩意儿?何以惊动这许多人?”茶房说:“客人,你不知道?这说鼓书,本是山东乡下的土调,用一面鼓、两片梨花简,名叫“梨花大鼓”,演说些前人故事。本来也没什么稀奇。自从王家出了个白妞黑妞姊妹两个,就不一般了。这白妞名叫王大玉,此人是天生的怪物,十二三岁时,就学会了说书的本事。她却嫌乡下的调儿,没什么出奇,就到戏园里看戏,就将什么西皮、二黄、梆子腔等调,一听就会;什么俞三胜、陈长庚、张二奎等人的调子,她一听也就会了。仗着她的喉咙,调门要多高就多高,中气要多长就多长。她又把南方的什么昆腔的小曲种种的腔调,都拿来装在大鼓书的调儿里面。不过二三年工夫,制出这个调儿。竟至无论南北高下的人，听了她唱书，无不神魂颠倒。现在已有招纸，明儿就唱。你不信去听一听，就知道了。只是要听，还要早去，她虽是一点钟开唱，若到十点钟去，便没有座位了。”

老残听得也不甚相信。次日六点钟起，先到南门内，看了舜井。又出南门外，到历山脚下，看看昔日大舜耕田的地方。及至回店，已有九点钟光景，赶忙吃了饭，走到明湖居不过十点时候。

那明湖居本是个大戏园子，台前有一百多张桌子。哪知进了园门，园子里面，已经坐满了。只有七八张桌子，都贴着抚院定、学院定、道署定的红纸条儿。老残看了半天，无处插足，只好袖子里拿了二百钱，送了看座儿的，才弄了一条短板凳，在人缝里坐下。看那戏台上，摆了一张半桌，桌上放着一面板鼓，鼓上放了两片铁简儿，心里知道这就是梨花简了。旁边放了一个三弦子。半桌后面，列着两把椅子，并无一个人在台上。偌大个戏台，空空洞洞，一无他物，看来不觉好笑。园子里面，顶着篮子卖烧油条的，有一二十个。都为那不吃饭来的人，买了充饥的。

到了十一点钟，只见门口轿车渐渐拥挤多了，都是官员着了便衣，带了家人，陆续进来。不到十二点钟，前面几张空桌俱坐满了。不时还有人进来看座儿，也搬条短凳，在夹缝中安插。这一群人，彼此招呼：有打千儿的，有作揖的——大半打千儿的多,高谈阔论,笑语自喧。其余桌子,看来都是做买卖的人,又有些像是本地读书人的样子。大家都嘁嘁喳喳,在那里闲话。因为人太多了,说的话,都听不清楚,也不去管他。

到了十二点半时候,那台子帘子后,走出一个男人穿了一件蓝布长衫,长长的脸儿,满脸疙瘩,仿佛像风干福橘皮似的,甚为丑陋。但那人举止倒还沉静,出了台来,并无一语,就往半桌后面左首一张椅上坐下,慢慢地将那三弦子取来,随便和了一和弦,弹了一二曲小调,人也不甚留心去听他。后来弹了一支大调,也不知道什么牌子,只是到后来全用轮指,那抑扬顿挫,入耳动心,恍若有几十根弦,几百个指头,在那里弹似的。这时台下叫好的声音,不绝于耳,却也压不下那弦子去。这曲弹罢,就歇了手。旁边有人送上茶来。

停了数分钟时,帘子里面,出来一个姑娘,有十六七岁。长长鸭蛋脸儿,梳了一个抓髻,戴了一副银耳环,穿了一件蓝布外褂儿,一条蓝布裤子,都是黄布镶滚的,虽是粗布衣裳,倒也十分干净。去到了半桌后面右首椅子坐下。那弹弦子的,便取了弦子,铮铮弹起来了。这姑娘便立起身来,左手取了梨花简,夹在指缝里,便叮叮当当地敲,与那弦子声音相应;右手持了鼓槌子,凝神听那弦子节奏。忽羯鼓一声,歌喉遽发,字字清脆,声声宛转,如新莺出谷,

乳燕归巢。每句七字，每段十余句，或缓或急，忽低忽高，其中转腔换调之处，百变不穷。一切歌曲腔调，俱出其下，以为观止矣。

旁坐有两人，其一人低声问那人道："此想必是白妞了？"其一人道："不是，这人叫黑妞，是白妞的妹子。她的调儿，都是她姊姊——白妞——教的。若比白妞还不知差多远呢。她的好处，人说得出；白妞的好处，人说不出的。她的好处，人学得到；白妞的好处，人学不到的。你想这几年好玩耍的人，谁不学她的调儿呢？就是窑子里的姑娘们，也都学她，只是顶多有一两句到黑妞的地步。若是白妞的好处，从没有一个人能及她十分里的一分的。"

说着的时候，黑妞已唱完了，走进后面去了。这时，满园子的人谈谈笑笑。卖瓜子、落花生、山里红、核桃仁的，高声喊叫着卖。满园子里听来,都是人声。

正在热闹哄哄的时候,只见那台后,又出来一位姑娘,年纪十八九岁,装束与前一个毫无分别。瓜子脸儿,白净面庞,相貌不过中人以上的姿色,只觉秀而不媚,清而不寒,半低着头出来,立在半桌后面,把梨花简叮当了几声。煞是奇怪,只是两片顽铁,到她手里,便有五音十二律似的。又将鼓槌子轻轻地点了两下,方抬起头来,向台下一盼,那双眼睛如秋水,如寒星,如宝珠,如白水银里头养着两丸黑晶球,左右一顾盼,连那坐在远远墙角子的人,都觉得王小玉看见了他的;那坐得近的,更不必说。就这一眼,满园子里便鸦

雀无声，比皇帝出来，还要肃静得多呢，连一根针掉在地下，都听得响的。

王小玉便启朱唇，发皓齿，唱了几句书儿。声音初不甚大，觉得入耳，有说不出来的妙音；五脏六腑里像熨斗熨过，无一处不伏帖；三万六千个毛孔，像吃了人参果，无一孔不畅快。唱了十数句之后，渐渐地越唱越高，忽然拔了一个尖儿，像一线钢丝，抛入天际，不禁暗暗叫绝。哪知她于那极高的地方，尚能回环转折，几转之后，又高一层，接连有三四叠，节节高起，恍如由傲来峰西面，攀登泰山的景象：初看傲来峰削壁千仞，以为上与天齐；及至翻到傲来峰顶，才见扇子崖，更在傲来峰上；及至翻到扇子崖，又见南天门更在扇子崖上；愈翻愈险，愈险愈奇。

那王小玉唱到极高的三四叠里，陡然一落，又极力骋其千回百折的精神，如一条飞蛇，在黄山三十六峰半中腰里，盘旋穿插，顷刻之间，周匝数遍。从此以后，愈唱愈低，愈低愈细，那声音渐渐地听不见了。满园子的人，都屏气凝神，不敢少动，有二三分钟之久，仿佛有一点声音，从地底下发出。这一出之后，忽又扬起，像放那外国烟火，一个弹子上天，随化千百道五色火光，纵横散乱。这一声飞起，即有无限声音，俱来并发。那弹弦子的，亦全用轮指，忽大忽小，同他那声音相和相合，有如花坞春晓，好鸟乱鸣。耳朵忙不过来，不晓得听哪一声的为是。正在撩乱之际，忽听霍然一声，人弦俱寂。这时台下叫好之声,轰然雷动。

停了一回,闹声稍定。只听那台下正座上,有一个少年,不到三十岁光景,是湖南口音,说道:“当年读书,见古人形容歌声的好处,有那‘余音绕梁,三日不绝’的话,我总不信。空中设想,余音怎能绕梁呢?又怎能三日不去呢?及听小玉先生说书,才知古人措辞之妙。每次听她说书之后,总有好几天,耳朵里无非都是她的书音;无论做什么事,总不入神,反觉得‘三日不绝’,这‘三日’二字下得太少。还是孔子‘三月不知肉味’,‘三月’二字,形容得透彻些。”旁边人都说道:“梦湘先生,论得透辟极了,于我心有戚戚焉。”

说着,那黑妞又上来说了一段,底下便又是白妞上场。这一段,闻旁人说,叫作黑驴段。听了去,不过是一个士子,见一个美人,骑了黑驴走过去的故事。将形容那美人,先形容那黑驴子怎样好法。待铺叙到美人的好处,不过数语,这段书也就完了。其音节全是快板,越说越快。白香山诗云“大珠小珠落玉盘”,可谓尽其妙处。在说得极快的时候,听的人彷佛都赶不上的样子,听他却字字清楚,无一字不送到人耳轮深处。这是他的独到,然比着前一段,却未免逊一筹了。

这时不过五点钟光景,众人以为天时尚早,王小玉还要唱一段,不知只是她妹子出来,敷衍几句,就收场了。当时一闹而散。

桃花山月下遇虎

清朝有个申子平，受他哥哥申东造的嘱咐，去访好汉刘仁甫，轻车简从地向平阴进发。到了平阴，换了两部小车，推着行李，在县里要了一匹马骑着，不过一早晨，已经到了桃花山脚下。再要进去，恐怕马也不便，幸喜山口有个村庄——只有打地铺小店——没法，暂且歇下。向村户人家雇了一条小驴，将马也打发回去了，打过尖，吃过饭，向山里进发。才出村庄，见面前一条沙河，有一里多宽，却都是沙，唯有中间一线河身：土人架了一个板桥，不过数丈长的光景。桥下河里虽结满了冰，还有水声从那冰下潺潺地流，听着像似环佩摇曳的意思，知道是水流带着小冰，与那大冰相撞击的声音了。过了沙河，即是东峪。

原来这山从南面迤逦北来，中间龙脉起伏，一时虽看不到，只是这左右两条大路，就是两批长岭，冈峦重沓，到此相交。除中峰不计外，左边一条大溪河，叫东峪；右边一条大溪河，叫西峪。西峪里的水，在前面相会，并成一溪，左环右转，弯了三弯，才出溪口，出口

后，就是刚才所过的那条沙河了。

子平进了山口，抬头看时，只见不远，前面就是一片高山，像架屏风似的，迎面竖起。土石相间，树木丛杂。却当大雪之后，石是青的，雪是白的，树上枝叶是黄的，又有许多松柏是绿的，一丛一丛和画上点的苔一样。骑着驴，玩着山景，实在快乐得极，思想作两句诗，描摹这个景象。正在凝神，只听壳铎一声，觉得腿裆里一软，身子一摇，竟滚下山涧去了。幸喜这条路本在涧旁走的，虽滚下去，尚不甚深。况且涧里两边的雪，本来甚厚，只为面上结了一层薄的，做了个雪的包皮。

子平一路滚着，那薄冰一路破着，好像从有弹簧的褥子上滚下来似的，滚了几步，就有一块大石将他拦住，所以一点没有碰伤,连忙扶着石头,立起身来。哪知把雪倒戳了两个一尺多深的窟窿,看那驴子在上面,两只前蹄已经立起,两只后蹄还陷在路旁雪里,不得动弹。连忙喊跟随的人,前后一看,并那推行李的车子,影响俱无。你道是什么缘故呢?原来这山路,行走的人本来不多,故那路上积的雪,比旁边稍为浅些,究竟还有五六寸深。驴子走来,一步步地不甚吃力。子平又贪看山上雪景,未曾照顾后面的车子。可知那小车轮子,是要压到地上往前推的,所以积雪的阻力显得很大。一人推着,一人挽着,就走得不快,本来去驴子已落后有半里多路了。

申子平陷在雪中,不能举步,只好忍着性子,等小车子到。约有半顿饭工夫,车子到了,大家歇下来想法子。下头人固上不去,上头的人也下不来,想了大半天,只好把捆行李的绳子解下两根,接续起来,将一头放了下去。申子平自己将绳系在腰里,那一头上边四五个人齐力收绳,方才把他吊了上来。跟随人替他把身上雪扑了又扑,然后把驴子牵来,重复骑上,慢慢地行。

这路虽非羊肠小道,忽而上高,忽而下低,石头路径,冰雪一冻,异常地滑。自饭后一点钟起身,走到四点钟,还没有十里地,心里想道:“听村庄上人说,到山集不过十五里地,然走了三个钟头,才走了一半。”冬天日头本容易落,况又是个山里,两边都有岭子遮着,愈黑得快。一面走着,一面地算，不知不觉，那天已黑下来了。

子平勒住驴缰，同推车子的商议道："看天已黑下来，还有六七里地呢，路又难走，车子又走不快，怎么好呢？"车夫道："那也没有法子，好在今儿是个十三日，月亮出得早，不管怎么，总要赶到集上去。大约这荒僻山径，不会有强盗，虽走晚些，倒也不怕他。"子平道："慢说强盗没有，倘或有了，我也无多行李，很不怕他，拿就拿去，也不要紧。实在可怕的是豺狼虎豹。天晚了，倘若出来了吃我们就坏了。"车夫道："这山里虎倒不多，有仙虎管着，从不伤人，只是狼多些。听见它来，我们都拿根棍子在手里，也就不怕它了。"

说着，走到一条横涧跟前。原是本山的一支小瀑布，流归溪河的。瀑布冬天虽然干了，那冲的一条山沟，尚有两丈多深，约有两丈多宽，当面隔住，一边是陡山，一边是深谷，更无别处好绕。子平看见如此景象，心里不禁着起慌来，立刻勒住驴头，等那车子走到，道："可了不得！我们走差了路，走到死路上了。"那车夫把车子歇下，喘了两口气，说："不要慌，不要慌。这条路影一顺来的，并无第二条路，不会差的。等我前去看看，该怎么走。"朝前走了几十步，回来说："路倒是有，只是不好走。你老下了驴吧。"

子平下来牵了驴，依着走到前面看时，原来转过大石，靠里有人架了一条石桥。只是此桥仅有两条石柱，每条不过一尺一二寸宽，两柱又不紧相黏靠，当中还罅着几寸宽一个空当儿，石上又有一层冰滑溜滑溜的。子平道："可吓煞我了！这桥怎么过法？一滑脚就是死，我真没有这个胆子走。"车夫大家看了说："不要紧，我有法子，好在我们穿的都是蒲草毛窝，脚下很把滑的，不怕它。"一个人道："等我先走一趟试试。"遂跳蹿跳蹿地走过去了，嘴里还喊着："好走！好走！"立刻又走回来说："车子却没法推，我们四个人抬一辆，作两遭抬过去罢。"申子平道："车子抬得过去，我却走不过去，那驴子又怎样呢？"车夫道："不怕的。且等我们先把你老扶过去，别的你就不用管了。"子平道："就是有人扶着我，也是不敢走，告诉你说罢，我两条腿已经软了，哪里还能走路呢。"车夫说："那么也有办法。你老索性睡下来，我们

两个人抬头,两个人抬脚,把你老抬过去如何?”子平说:“不妥,不妥。”又一个车夫说:“还是这样罢,解根绳子,你老拴在腰里,我们伙计一个在前头挽着一个绳头,一个伙计在后头挽着一个绳头,这个样走,你老胆子一壮,腿就不软了。”子平说:“只好如此。”于是先把子平照样扶掖过去,随后又把两辆车子抬了过去。倒是一个驴死不肯走,费了许多事,仍是把它眼睛蒙上,一个人牵,一个人打,才混了过去。等到忙定妥了,那满地已经都是树影子,月光已经很亮的了。

大家好容易将危桥走过,歇了一歇,吃了袋烟,再往前进,走了不过三四十步,听得远远呜呜的两声,车夫道:“虎叫!虎叫!”一头走着,一头留神听着。又走了数十步,车夫将车子歇下说:“老爷!你别骑驴了,下来罢!听那虎叫从西边来，越叫越近了，恐怕是要到这路上来，我们避一避罢，倘到了跟前，就避不及了。”说着，子平下了驴。车夫说：“咱们舍掉这个驴子喂它吧。”于是把驴子缰绳拴在路旁的一棵小松树上，车子就放在驴子旁边，人却倒回走了数十步，把子平藏在一处石壁缝里。车夫有躲在大石脚下，用些雪把身子遮了的，有盘在山坡高树枝上的，都把眼睛朝西面看着。

说时迟那时快，只见西边岭上月光之下，蹿上一个物件来。到了岭上，又是呜的一声，只见把身子往下一探，已经到了西涧边了，又是呜的一声。这里的人又是冷，又是怕，止不住格格价乱抖，还用眼睛看着那虎。那虎既到西涧，却立住了脚，眼睛映着月色，灼亮灼亮，并不朝着驴子看，却对着这几个人，又呜的一声，将身子一缩，对着这边扑过来了。这时候，山里本来无风，却听得树梢上呼呼地响，树上残叶簌簌地落，人面上冷气棱棱地割。这几个人早已吓得魂飞魄散了。

大家等了许久，却不见虎的动静。还是那树上的车夫胆大，下来喊众人道：“出来罢！虎去远了。”车夫等人次第出来。方才从石壁缝里把子平拉出，已经吓得呆了，过了半天，方能开口说话，问道：“我们是死的，是活的哪？”车夫道：“虎过去了。”子平道：“虎怎样过去的，一个人没有伤吗？”那在树上的车夫道：“我看它从涧西沿过来的时候，只是一穿，像鸟儿似的已经到了这边了。它落脚的地方,比我们这树梢还高着七八丈呢。落下来之后,又是一纵,已经到了这东岭上边,呜的一声,向东跑去了。”

申子平听了,方才放下心来说:“我这两只脚,还是稀软稀软,立不起来,怎样是好?”众人道:“你老不是立在这里的吗?”子平低头一看,方知道自己并不是坐着,也笑了,说道:“我这身子真不听我调度了。”于是众人搀着,勉强移步,走了数十步,方才活动,可以自主。叹了一口气道:“命虽不送在虎口里,这夜里若再遇见刚才那样的桥,断不能过。肚里又饥,身上又冷,活冻也冻死了。”说着,走到小树旁边看那驴子,也是伏在地下,知是被那虎叫吓得如此。跟人把驴子拉起,把子平扶上驴子,慢慢价走。转过一个石嘴,忽见前面一片灯光,约有许多房子,大家喊道:“好了!好了!前面到了集镇了!”只此一声,人人精神震动,不但人行脚下觉得轻了许多,即驴子亦不似从前畏难苟安的行动。哪消片刻工夫,已到灯光之下。

原来并不是集镇,只有几家人家,住在这山坡之上。因山有高下,故看出如层楼叠榭一般。到此大家商议,断不再走,除硬行敲门求宿,更无他法。当时走近一家,外面系虎皮石砌的墙,一个墙门,里面房子看来不少,总有十几间的光景。于是车夫上前叩门,叩了几下,里面出来一个老者,须发苍然,手中持了一支烛台,燃了一支白蜡烛,口中问道:

“你们来做什么的?”申子平急上前,和颜悦色地把原委述了一遍,说道:“明知并非客店,无奈从人万不能行,要请老翁行个方便!”那老翁点点头,道:“你等一刻,我去问我们姑娘去。”说着,门也不关,便进里面去了。

子平看了,心下十分诧异:“难道这家人家,竟无家主吗?何以去问姑娘,难道是个女孩儿当家吗?”既而想道:“错了,错了。想必这家是个老太太做主。这个老者想必是他的侄儿,姑娘者,姑母之谓也。理路其是,一定不会错了。”

霎时,只见那老者随了一个中年汉子出来,手中仍拿烛台,说:“请客人里面坐。”原来这家,进了墙门,就是一平五间房子,门在中间,门前台阶约十余级。中年汉子手持烛台,照着申子平上来,子平吩咐车夫等:“在院子里略站一站,等我进去看了情形,再招呼你们。”子平上得台阶。那老者立在堂中说道:“北边有个坦坡,叫他们把车子推了,驴子牵了,由坦坡进这房子来罢。”原来这是个朝西的大门,众人进得房来,是三间敞屋。两头各有一间隔断了的,这敞屋北头是个炕,南头空着,将车子同驴安置南头,一众五人,安置在炕上。然后老者问了子平姓名,道:“请客人里面坐。”于是过了穿堂,就是台阶。上去有块平地,都是栽的花木,映着月色,异常幽秀。且有一阵阵幽香,清沁肺腑。向北乃是三间朝南的精舍,一转俱是回廊,用带皮杉木做的阑柱,进得房来，上面挂了四盏纸灯，斑竹扎的，甚为灵巧。两间敞着，一间隔断，做个房间的样子。桌椅几案，布置极为妥协。房间挂了一幅褐色布门帘。

老者到房门口，喊了一声："姑娘，那姓申的客人进来了。"却看门帘掀起，里面出来一个十八九岁的女子，穿了一身布服，二蓝褂子，青布裙儿，相貌端庄莹静，明媚闲雅，见客福了一福。子平慌忙长揖答礼。女子说："请坐。"即令老者："赶紧做饭，客人饿了。"老者退去。

那女子道："先生贵姓？来此何事？"子平便将"奉家兄命特访刘仁甫"的话说了一遍。那女子道："刘先生当初就住这集东边的，现在已搬到柏树峪去了。"子平问："柏树峪在什么地方？"那女子道："在集西，有三十多里的光景。那边路比这边更僻，愈加不好走了。家父告诉我们说，今天有位远客来此，路上受了点虚惊，吩咐我们迟点睡，预备些酒饭，以便款待，并说简慢了尊客，千万不要见怪。"申子平听了，不胜欣喜，就住了下来，打算明天往柏树峪去。

白日鼠路遇老英雄

白日鼠周亮是保定府人，练得一身绝好的武艺，十八般兵器以内的，不待说是件件精通，就是十八般兵器以外的，如龙头杆、李公拐之类，也没一样不使出来惊人。周亮在十五六岁的时候，就在山东、河南、直隶一带单人独骑地当响马贼。这一带的保镖达官们，没一个不是拚命地要结识他。结识了他的，每一趟镖，孝敬他多少，他点了头，说没事，便平安无事地一路保到目的地。若是没巴结得他上，或自己逞能耐，竟不打他的招呼，他把镖劫去了，还不容易讨得回来呢。不过他动手劫的镖，总是珠宝一类最贵重而又最轻巧容易拿走的，笨重货物，再多的他也不要。后来有人劝周亮自己开一个镖行，周亮心想也是，就辞了各镖行，独自新开了一个，叫作震远镖局，生意异常兴旺，山东西、河南北，都有震远镖局的分局。在震远镖局当伙计的，共有二三百人，把各镖行的生意，全部夺去了十分之八九。

一日，周亮亲自押着几骡车的镖，打故城经过。因是三月

间天气，田野间桃红柳绿，燕语莺啼，周亮骑着那一匹日行六百里的翻毛赤炭马，在这般阳和景物之中，款款行来，不觉心旷神怡。行了一会，觉得骡车行得太慢，强压着日行六百里的马，跟在后面缓缓地行走，太没趣味，便招呼骡夫尽管驾着车往前走，约了在前面杨柳洼悦来火铺打尖，遂将缰头一拎，两腿紧了一紧，那马便昂头扬鬣，从旁边一条小路，向一座树木青翠的小山底下飞走。周亮用手拍着马颈项，对马笑着说道："伙伴，伙伴，我几年就凭着你走东西，闯南北，得着今日这般地位，这般声望，何尝不是全亏了你。我知道你生成的这般筋骨，终日投闲置散，是不舒服的。难得今日这么好清朗的天气，又在这田野之间，没什么东西碍你的脚步，可尽你的兴致，奔驰一会，乏了，再去杨柳洼上料。"那马就像听懂了周亮的言语似的，登时四蹄如翻银盏，逢山过山，逢水过水，两丈远的壕坑，只头一点，便钻过去了，一气奔腾了七八十里地。周亮一则不肯将马跑得太乏，一则恐怕离远了镖，发生意外，渐渐地将缰头勒住。正要转到上杨柳洼的道路，只见路旁一个须发都白的老头，割了一大竹篮的青草，一手托住篮底，一手用两个指头，套在竹篮的小窟窿里，高高地举在肩头上行走。周亮估量那大篮青草，结结实实的，至少也有一百斤上下，那老头一手托得高高的，一些儿也不像吃力，心中已是很有些纳罕，故意勒住马，一步一步地跟在后面走，想看这老头是哪一家的。老头只管向前走，并不知道后面有人跟踪窥探，也不回头望一望。周亮跟着行了十来里，见老头始终是那么举着，不曾换过手，心里不由得大惊，慌忙跳下马来，赶到老头面前，抱拳说道："请问老英雄贵姓大名，尊居哪里？"老头一面打量周亮，一

面点了点头笑道："对不起达官，恕老朽两手不闲，不能回礼。老朽姓王，乡村里的野人，从来没有用名字的时候，现在人家都叫我王老头，我的名字就是王老头了。"说话时，仍不肯将草篮放下。周亮看了王老头这般神气，更料知不是个寻常人物，复作了一个揖道："小辈想到老英雄府上，拜望拜望，不知尊意如何？"王老头且不回答周亮的话，两眼注视着那匹翻毛赤炭马，不住地点头笑道："果是名不虚传，非这般人物，不能骑这般好马，这倒是一匹龙驹！只可惜不能教它在疆场上建功立业，就退一步讲，在绿林中，也还用得它着。"说时回头望着周亮笑道："老哥的意思，以为何如？老哥现在，是不是委屈了它呢？"周亮答道："如果有干城之将，效力疆场，小辈固愿将这马奉送，就是有绿林中人物够得上做这马主人的，小辈也不吝惜。奈几年不曾遇着，若是老英雄肯赏脸将它收下，小辈可即时奉赠。"王老头哈哈笑道："送给老朽驮草篮，那就更加可惜了！寒舍即在前面，老哥是不容易降临的贵客，老朽倒没有什么，小儿平日闻老哥的大名，非常仰慕，时常自恨没有结识老哥的道路，今日也是有缘。老朽往常总是在离寒舍三五里地割草，今日偏巧高兴，割到十里以外去了，不然也遇不着老哥。"周亮听得，暗想这老头并没请教我姓名，听他这话，竟像是认识我的，可见得我的名头实在不小，心中高兴不过，对王老头笑道："有事弟子服其劳，请你老人家把草篮放下来，小辈替你老人家驮到尊府去。”周亮说这话的用意，是想量量这一大篮青草，看毕竟有多重，看自己托在手上，吃力不吃力。王老头似乎理会得周亮的用意，只随口谦让了两句，便将草篮放下来笑道：“教老哥代劳，如何敢当！仔细弄脏了老哥的盛服。”周亮笑嘻嘻地将手中的马鞭和缰头，都挂在判官头上。那马教练惯了的，只要把缰头往判官头上一挂，周亮走到哪里，它就跟到哪里，旁人谁也牵它不动。周亮弯腰将草篮往手中一托，也照王老头的样，左手两个指头套在草篮的小窟窿里，扶住草篮，不教倾倒。王老头在前面走着道：“老朽在前引导了。”周亮将全身的力，都运在一条右臂上，起初一些儿也不觉吃力，草篮不过重一百二十斤，才跟着走了半里多路，便觉得右肩有些酸胀起来了，只是还不难忍耐。又行了半里，右臂渐渐有些抖起来了，左手的两个指头也胀疼得几乎失了知觉，草篮便越加重了分量似的。心里想换用左手托着才好，忽转念想起王老头行了十来里，又立着和我谈了好一会，他并不曾换过手，且始终没露出一些儿吃力的样子，他的年纪比我大了好几倍，又不是个有大声名的人，尚且有如此本领，我怎么就这般不济，难道一半也赶不上他吗？他说他家就在前面，大约也没多远了，我这番若不忍苦，把这篮草托到他家里，未免太给他笑话。周亮心里既有此转念，立时觉得气力增加了好些。王老头旋走旋抬头看看天色，回头向周亮笑道：“请老哥去寒舍午饭，此刻也是时候了,老哥可能快些儿走吗?”周亮是个要强的人,如何肯示人以弱呢?只得连连答道:“随你老人家的便,要快走,就快走。”王老头的脚步,真个紧了。可怜周亮平生不曾吃过这种苦头,走了里多路,已是支持不来了。在这支持不来的时候,更教他快走,他口里虽是那么强硬的答应,身体哪里能支持得下,心里一着急,就悔恨自己好端端的,为什么要多事,替他代什么劳,真是“是非只为多开口,烦恼皆由强出头”,这回只怕要把我好几年的威名,一朝丧尽。正要想一个支吾的方法,好掩饰自己力乏的痕迹,忽见对面来了一个壮士。年纪在三十左右,身上的衣服,虽是农家装束,十分朴素,但剑眉电目、隆准高颧,很有惊人的神采。王老头远远地就向那壮士喊道:“我儿来得正好,累苦了周大哥,快来把这篮草接过去。”

那壮士走到了跟前,看了看周亮背后的马,才向周亮拱手笑道:“就是江湖上人称白日鼠周亮周大哥吗?”周亮被肩上的这篮草压得喘不过气来了,没说点头答礼,连回话都怕发声颤动给人笑话。好在王老头十分通窍,连忙在旁答道:“怎么不是呢!就是我儿平日时常放在口中称赞的周亮大哥。”遂指着壮士对周亮说道:“这便是小儿王得宝,终日在家仰慕老哥的盛名,只恨不得一见,今日算是如了他的愿了。”王得宝即伸手将草篮接过,只一只手托住篮底,左手并不勾扶。周亮这时的两手一肩,如释了泰山重负,不过用力太多,一时虽没了担负,然两膀的筋络都受了极重大的影响,仿佛痺麻了一般,好一会,还不能恢复原状。王老头极力向周亮慰劳,周亮越觉得面上没有光彩。他万没想到在这荒僻地方也能遇见这般有本领的人物,心想:“亏得他父子是安分种地的农人,没心情出来和我作对。若他父子也和我一般的在江湖上做那没本钱的买卖,有我独自称雄的份儿吗?于今我镖局里,正用得着这般人物,我何不将他两父子请去,做个有力量的帮手呢?”周亮心中一边计算,眼里一边望着王得宝独手拿着草篮,行所无事地往前走。旋走旋回头和王老头说话,说的是因家中的午饭已经好了,不见王老头割草回来,不知是什么缘故,有些放心不下,所以特地前来探看。谈着话没一会,就到了一个村庄,王老头回头笑向周亮道:“寒舍是已到了,不过作田人家,什物墙壁,都龌龊不堪,当心踏脏了老哥的贵脚。”周亮看这村庄的房屋,

虽很矮小，却是瓦盖的，也有十多间房子。大门外一块晒粮食的场子，约有两亩地大小。几副石担石锁，堆在一个角上，大小不等，小的约莫百多斤，大的像有七八百斤的样子，握手的所在，都光滑滑的，望而知道是日常拿在手中玩弄的。一个八九岁的男孩子，从大门里跑了出来，向王老头呼着爷爷道："你老人家，怎么……"话不曾说完，一眼看见周亮身后的那匹翻毛赤炭马，即截住了话头，两眼圆鼓鼓地只管望着。王得宝喝了一声道："呆呆地望着干吗？还不把这草接进去喂牛！"那小孩吓得连忙走过来，伸着双手，接了那篮草。奈人小篮大，草篮比小孩的身体还高大，只得用双手捧着，高高地举起，走进大门里面去了。周亮看了，惊得吐出舌头来，心里说道："若不是我亲眼看见，不论谁把今日的事说给我听，我也不相信是真的。"

周亮心里正在思量的时候，王得宝过来，接了缰头。王老头请周亮到里面一间房里坐下，周亮开口说道："便道拜府，实不成个敬意，小辈这番保了几车货物，和骡夫约了在杨柳洼打尖，本是不能在尊府厚扰的。不过像你老人家这般年老英雄，小辈深恨无缘，拜见得太晚。今日天赐的机缘，得邂逅于无意之中，更一时得见着父子公孙三代的豪杰，心中实在舍不得立时分别。"王老头笑道："老哥说得太客气，老朽父子都是乡村里的野人，什么也不懂的，平日耳里，只闻得老哥的威名。今日见面，因看了那匹马，就想到非老哥不能乘坐，所以料知是你老哥。”周亮听王老头的言语，看王老头的举动，心中总不相信真是个乡村里作田的农人。谈到后来，才知道王老头在四十年前，也是一个名震三省的大响马，单名一个顺字。王顺当响马的时候，也是喜欢和保镖的作对，但他不是和周亮一般的，要显自己的能为，也不是贪图劫取珠宝。因他生成的一种傲骨，说大丈夫练了一身本领，当驱使没本领的人，不能受没本领人的驱使；与其替人保镖，是人家的看家狗一样，不如爽爽利利地当几年强盗，一般的捞几文钱糊口。替人保镖，是受没本领人的驱使，哪有当强盗的高尚？王顺既是这般心理，因此就瞧不起一般保镖的，不问是谁的镖，他只要能劫取到手，便没有放过的。那时一般镖行，对付王顺，也和对付周亮一样。不过周亮却不过情面时，自己也投入镖行；王顺却不过情面，就洗手再不做强盗了，改了业，安分守己地种地，做个农人。只是他儿子王得宝的性质，又和王顺相反，起初听得周亮当响马的种种行为，王得宝不住地叹息，说是可惜，怎么有这样好的身手，不务正向上，若一旦破了案，岂不白白地把一个好汉子断送了？后来听得被几家镖行请去当镖头，不一会，又听得开设震远镖局，王得宝才拍手称赞，说周亮毕竟是个好汉子，就很有心想结识周亮。只因知道周亮的年纪太轻，声名太大，王得宝恐怕周亮在志得意满的时候，目空一切，自己先去结识他，遭他的轻视，所以不肯先去。若论王得宝的本领,并不在周亮之下,这回周亮到了王家,和王得宝说得甚是投契,彼此结为生死之交,周亮把王得宝请到镖局里,震远镖局的声名就更大了。王得宝在震远镖局,没几年工夫,一病死了,临死的时候,将自己的儿子王子斌托给周亮,要周亮带在跟前,教他的武艺。王子斌就是周亮初到王家的时候,在大门外看见的那个双手捧草的小孩。

这一年天津霍俊清去会李富东，见面之后，李富东握了霍俊清的手，同进里面。霍俊清看那房里坐了一个身材瘦小、面貌黧黑的老头，衣服垢敝，活像一个当叫花的老头。坐在那里，见李富东拉了霍俊清的手进来，并不起身，大模大样地翻起两只污垢结满了的眼睛，望了一望，大有瞧不起人的神气。霍俊清看了，也不在意。李富东倒很诚恳地指着那老头给霍俊清绍介道："这位是安徽王老头，我特地请来陪霍爷的。"霍俊清见李富东郑重的介绍，只得向王老头拱拱手，说声："久仰！"王老头这才慢腾腾地起身，也拱拱手道："老拙今日得见少年英雄，算是伴李爷的福。凡是从天津来的人提起霍元甲三个字，就吐舌摇头，说是盖世无双的武艺。我上了几岁年纪的人，得见一面，广广眼界，也是好的。"霍俊清听了这派又似恭维又似嘲笑的话，不知要怎生回答才好，只含糊谦逊了两句，便就座和李富东攀谈。后来才知道这王老头的历史，原来是安徽婺源县一个极有能耐的无名英雄。和霍俊清见面的这时候，王老头的年纪，已

有八十四岁了。在十年前,还没人知道这王老头是个身怀绝技的老者。他的武艺,也没人知道他到了什么境界,少壮时的历史,他从来不向人说。人看了他那种萎靡不振的模样,谁也不当他是个有能为的人,因此也没人盘究他少壮时的历史。他从五十岁上到婺源县,在乡村里一个姓姚的人家当长工。那姓姚的世代烧窑为业,远近都呼姓姚的为窑师傅。窑师傅虽则是烧窑卖瓦为活,然天生的一副武术家的筋骨,气力极大。十几岁的时候,从乡村里会武艺的人,练习拳脚,三五年后,教他的师傅,一个一个的次第被他打翻了,谁都不敢教他,他也再不找师傅研究,就在家里练习。那时王老头在他家做长工,窑师傅每日练拳脚,练到高兴的时候,对着王老头伸手踢脚,意思是欺负王老头孱弱。王老头总是一面躲避,一面向窑师傅作揖,求窑师傅不要失手碰伤了他。窑师傅看了他那种畏缩的样子,觉得有趣,觉得好笑,更喜找他寻开心,旁人看了都好笑,于是大家就替王老头取个绰号,叫作"鼻涕脓":一则因王老头腌臜,鼻涕终年不断地垂在两个鼻孔外面,将要流进口了,才拿衣袖略略地揩一揩,不流进口,是绝不揩的;二则因他软弱无能,和鼻涕脓相似。王老头任凭人家叫唤他也不恼。在姚家做了二十多年,忠勤朴实,窑师傅把他当自己家里人看待。

起初有一个凤阳卖艺的女子,到婺源来,受了窑师傅的轻薄。过了三年,这日窑师傅有事出门去了,忽来了一个凤

阳女子，说是特来会窑师傅的。窑师傅的儿子出来，看那女子也不过十七八岁，问她有什么事，要会窑师傅，她不肯说。见窑师傅家里，养了十多只鸡，那女子手快得很，从腰间解下一根丝带来，将十多只鸡都捉了，用丝带缚了鸡脚，对窑师傅的儿子道："窑师傅回来的时候，你对他说，我在关王庙里等他三日。他要鸡，亲自来取。三日不来，我多等一日，杀一只鸡，鸡杀完了，我再回凤阳去。"窑师傅的儿子，才得十二岁，翻起两眼，望着那女子把鸡捉去了。过了一会，窑师傅回来，听了儿子的话，心想必就是三年前的那个凤阳女子，练好了武艺，特来报仇的，也不惧怯，即时跑到关王庙。只见一个丽妆女子，盘膝坐在大殿上，十多只鸡，仍用丝带缚了，搁在座位旁边。年龄和三年前见过的女子仿佛，容貌却更秀媚，装饰也更华丽，低头合目地坐在那里，并不向外面望一望。窑师傅见不是三年前的那个女子,心里便有些害怕了,唯恐打不过,败在一个年轻女子手里,说开了,面子上太难为情,但是事已至此,不容不上前动手。白丢了十多只鸡,还是小事,外人听得了,必说是窑师傅害怕,不敢前去讨鸡。独自立在门口,踌躇了好一会,猛然计上心来,暗想:"既不是三年前的那女子,她必不认识我,我何不如此这般,前去讨鸡呢?"窑师傅想罢,便走上大殿说道:"我是窑师傅家里的长工,我东家有事出门去了,这十多只鸡是我喂养的,你为什么都捉了来?快给我拿回去吧。"那女子抬头望了望窑师傅道:"这些鸡既是你的,你拿去就是了。"窑师傅真个上前捉鸡,谁知才伸下手去,就觉得腰眼里着了一下,立不住脚,一个跟头栽到了殿下,爬起来望着那女子发怔,不知她用什么东西打的,不敢再上前去,只好立在殿下说道:"好没来由,我又不认识你,你把我的鸡捉来,我向你讨取,你不给我也罢了,为什么还要打我呢?等歇我东家回来,再来取你这丫头的狗命!"那女子笑道:"你快去教你东家来,你东家不来,这鸡是莫想能拿去的。"

窑师傅忿忿地回到家中,想不出讨鸡的方法,只急得在房中踱来踱去,叹气唉声。王老头走上来问道:"关王庙的鸡,讨回了么!"窑师傅没好气地答道:"讨回了时,我也不这么着急了呢!"王老头道:"怎么不去讨咧?"窑师傅更是气恨地道:"你知道我没去讨吗?"王老头笑道:"讨了不给,难道就罢了不成？你且说给我听，看你是怎么样去讨的，我也好替你想想法子。”窑师傅道：“要你这鼻涕脓想什么法子？不要寻我来开心罢！”王老头道：“你不要以为我这鼻涕脓没有法子想呢，我看除了我这鼻涕脓，只怕十多只鸡，要白送给那丫头吃。”窑师傅到了这时候，也只得无可设法之中设法，横竖自己不损失什么，便将刚才讨鸡时的情形说给王老头听了。王老头点头笑道：“还好，幸得你不曾说出你就是窑师傅来，你的声名还可以保得住。我此刻替你去讨，你也陪我同去，讨来了，就说是窑师傅；讨不来时，她也不认识我，你再想法子便了。”窑师傅诧异道：“你打算怎么去讨呢？你知道那丫头是有意来找我较量武艺的么？我说是窑师傅家里的长工，她已答应将鸡给我，尚且打我一下，我腰眼里至今还有些痛。你去讨，她难道就不打你吗？我都打她不过，

跌了那么一跤,你这么大的年纪,打坏了岂是当耍的?我知道你在我家很忠心,旁的事,你可以替我代劳,这不是你能代劳的事,你没事做,去坐着罢!”王老头笑道:“我这一大把子年纪了,哪里能和人相打?只是你不用问我打算怎么去讨,你只跟我去就得了。”说着便往外走,窑师傅莫名其妙,只得跟着同去。不一会,到了关王庙,看那女子还是如前一般坐在那里。王老头也不开口,径走上大殿,伸手去捉鸡。那女子从罗裙底下,飞起一只脚,就向王老头腰眼里踢来。王老头右手将鸡捉了,左手不慌不忙地接了那女子的脚,往前一摔,只摔得那女子仰面一跤,跌了丈多远。王老头提了那串鸡,往肩头上一搭,用手指着自己的鼻子,对那女子笑道:“你认识我么?我就是窑师傅咧。”

那女子爬起来拱拱手道:“已领教了,佩服佩服!不过我听说窑师傅是一个三十多岁的好汉。我姐姐在三年前,曾许她为妻,不料他中途懊悔,我姐姐归家,羞忿成疾。我此来特为找窑师傅说话,你的年纪这么大,不是我要找的窑师傅。”王老头恐怕被那女子看出破绽,背着鸡就往外走道:“管你是也不是,我窑师傅的鸡,总没有给你吃。”窑师傅跟着王老头归到家中,一手接过那串鸡,一手将王老头推在椅上坐了,自己跪下来,纳头便拜,吓得王老头手忙脚乱,搀扶不迭。窑师傅拜了几拜,立起来说道:“我枉生了这两只乌珠,枉练了十几年武艺,你老人家在此这么多年,我竟一些儿不曾看出有如此惊人的本领！今日既承你老人家顾全我的颜面，难保三年前的那女子就不来寻仇，她是认识我的，如何再能蒙混过去呢？无论怎样，你老人家得收我做个徒弟，将本领全传给我。”王老头笑道：“收你做徒弟倒使得，只是我的本领，要全传给你，我怕你一辈子也学不到。不过你只防备那三年前的女子前来复仇，也用不着什么大本领。”窑师傅道：“你老人家在关王庙，是用什么手法，将那女子摔倒的？那种手法极妙，我能学得到手就好了。”王老头道：“那手名叫‘叶底偷桃’，能用得好，接人家的腿，万无一失。我就专传授你这一类的手法吧。”窑师傅欣然受教，从此王老头在姚家，由长工一变而为教师了。窑师傅既是生性喜欢练武，这时又提防凤阳女子前来复仇，更是不辍寒暑，无分昼夜地苦练。是这么苦练了两年，将那叶底偷桃的手法，练得稳快到了绝顶。

这日窑师傅正从家里出来，想去人家收账，才走了里多路，即见迎面来了一个女子。窑师傅见了，不觉吃了一惊。原来那女子不是别人，就是五六年前受窑师傅羞辱的那个卖艺凤阳女。窑师傅待要回避，那女子已看见了，远远地就呼着窑师傅说道：“你还认识我么？你是好汉，再和我见个高下。”说着已到了眼前。窑师傅见已回避不了，只得镇定心神，赔着笑脸说道：“我和你无冤无仇，什么事要见个高下？常言道得好，男不和女斗。我就是好汉，也犯不着和你们女子动手。”那女子怒道：“你怎说和我无冤无仇？你早知道男不和女斗，五年前就不应跟我动手了！”窑师傅辩道：“五年前的事，只怪你自己，不应当众一干，夸张大口，欺我婺源无人，不能怪我。”那女子道：“我不怪你打败我，你不应轻薄我，羞辱我。今日相逢，没有话说，你尽管将平生本领使出来。不是你活，便是我死；不是鱼死，便是网破！”窑师傅知道免不了动手，遂抢上风占了。那女子的本领，大不是五年前了，窑师傅竭力招架，走了十来个回合。那女子趁空一脚踢来，窑师傅见了这般，精神陡长，说声来得好，一手将踢来的脚，抢在手中。正要往前面摔去，那女子真能，飞起的脚，被人接住，立在地下的脚，同时飞了起来。窑师傅两年苦练的功夫，就是为的要接这种连环腿。第二脚飞来，又用空着的手抢了。于是那女子的身体，被窑师傅两手擎在空中。窑师傅得意非常地哈哈笑道：“我若不念是个女子，就这么一下，往石头上一掼，怕不掼得你脑浆迸裂吗？”那女子的两脚虽然被窑师傅握住，但是上身还是直挺挺地竖着，并不倾侧。窑师傅见她身体如生铁铸成，害怕不敢随便松手，作势往前面草地上一送，摔开有两丈来远。那女子仍是双足落地，望着窑师傅笑道：“明年今日，我再来扰你的三朝饭。”说罢，匆匆地去了。

窑师傅听了，也不知这话是什么意思，因急想将动手时情形，归报王老头，便不去收账了。那时归到家中，见了王

老头,刚要诉说,王老头端详了窑师傅两眼,露出惊慌的样子问道:“你和谁动手,受了这么重的伤呢?”窑师傅也吃惊道:“动手是曾和人动手,只是我打赢了,怎么倒说我受了重伤,伤在哪里?”王老头连连跌脚道:“坏了,坏了!你怎的受了这么的伤,还兀自不知道呢?快把动手时的情形,说给我听,再给你伤看!”窑师傅听得这般说,也不免着慌起来,忙将方才的情形,一一说了。王老头点头道:“是了,你解开衣,袒出胸脯来看,两只乳盘底下,必有两块红印。”窑师傅心里还有些疑惑,解开衣,露出胸脯来,只见两个乳盘下面,果有两点钱大的红斑,但一些儿不觉得疼痛,这才相信确是受伤了。王老头问道:“那丫头临走时,曾说什么没有?”窑师傅才想起那句“明年今日,来扰三朝饭”的话来,也向王老头述了,问道:“那丫头用什么东西,打成这样的两个伤痕呢?”王老头道:“你将她举起的时候,就这么随手放下来,她倒不能伤你。你为的怕她厉害,想将她远远地摔开,便不能不先把两膀缩摆,再用力摔去。她们卖艺的女子,脚上穿的都是铁尖鞋,就趁势在你两个乳盘下面,点了一下。你浑身正使着力,哪里觉得。于今伤已进了脏腑,没有救药了。那丫头下此毒手,真是可恨!”窑师傅听得没有救药,只急得哭起来道:“难道我就这么被那丫头送了性命吗?”王老头也很觉得凄惨,望着窑师傅哭了一回,忽然想出一种治法来说道:“你能吃得下三碗陈大粪,先解去热毒,便可以望救。”窑师傅这时要救性命,说不得也要捏住鼻子吃。王老头寻了许多药草,半敷半吃。窑师傅吐了好几口污血,虽则救了性命,然因点伤了肺络,遂得了咳嗽的病,终其身不曾好。

李禄宾斗败恶道

李禄宾和孙福全两人，都是直隶籍，同时从郭云深、董海川练形意，又同时从李洛能练八卦，两人都是把武艺看得和性命一般重。不过李禄宾为人粗率，不识字，气力却比孙福全大；孙福全能略通文字，为人精细，气力不及李禄宾，但功夫灵巧在李禄宾之上。两人因为家境好，用不着他们出外谋衣食，能专心练艺，只要听得说某处有一个武艺好、声名大的人，他两人必想方设法地前去会会。如果那人武艺在他两人之上，孙福全精细，必能看得出来，绝不冒昧与人动手，若是纯盗虚声的遇了他两人，就难免不当场出丑。那时吉林有一个道人，绰号叫作盖三省。据一般人传说盖三省原是绿林出身，因犯的案件太多，又与同伙的闹了意见，就到吉林拜了一个老道人为师，出家修道。其实修道只是挂名，起居饮食全与平常人无异。老道人一死，他就做了住持，久而久之，故态复作，仗着一身兼人的气力，更会些武艺，与人三言两语不合，便动手打将起来。吉林本地方有气力会武艺的人，屡次和他较量，都被他打败了，就有些无赖

的痞棍,奉他做首领,求仙传授武艺。盖三省既得了当地一般痞棍的拥戴,又有若干人为之鼓吹,声名就一日一日地大了。奉天、黑龙江两省也有练武艺想得声名的人,特地到吉林来访他,与他较量,无如来的都不是实在的好手,竟没有打得过他的。盖三省的绰号就此叫出来了,他也居之不疑。他的真姓名,本来早已隐藏了,在吉林用的原是假姓名,至此连姓名也不用了,居然向人自称是盖三省。孙福全、李禄宾闻了盖三省的名,两人都觉得不亲去会一面,看个水落石出,似乎有些放心不下的样子,两人就带了盘缠,一同启程到吉林来,落了旅店,休息了一夜,次日到盖三省庙里去拜访。

在路上孙福全对李禄宾道:“我们和盖三省见过面之后,彼此谈论起功夫来。你看我的神气,我若主张你和他动手,你尽管放胆和他动手,绝不致被他打败;如果我神气言语之间,不主张和他打,便打不得。”李禄宾时常与孙福全一同出外访友,这类事情已有过多次了,很相信孙福全看得必不错。此时已走进了盖三省的庙门,只见门内有一片很宽大的草场,可以看得出青草都被人踏死了,仅剩了一层草根,唯四周墙根及阶基之下,人迹所不到之处,尚长着很茂盛的青草。练气力的石锁、石担,大大小小,横七竖八地不知有多少件放在场上,使人一望就知道这庙里有不少的人练武。不过在这时候,尚没有一个人在场上练习,这却看不

出或是已经练过了，或是为时尚早，还不曾来练。两人边走边留神看那些石锁、石担的重量，也有极大的李禄宾自问没这力量能举起来，即悄悄地对孙福全说道："你瞧这顶大的石锁、石担，不是摆在这里装幌子吓人的么？不见得有人举得起。"孙福全摇头笑道："装幌子吓人的倒不是，你看这握手的所在，不是都捏得很光滑吗？并且看这地下的草根，也可以看出不是长远不会移动的，就是举得起这东西，也算不了什么，何能吓得倒有真本领的人？"两人走到里面，向一个庙祝说了拜访盖三省的来意。原来盖三省因为近来声名益发大了，拜访的人终年络绎不绝。他也提防有高手前来，与他为敌，特地带了几个极凶猛横暴的徒弟在跟前，以备不测。逆料来拜访的，同时多不过二三人，绝没有邀集若干人同来与他为难的。以他的理想，两三人，纵有本领，也敌不过他们多人的混斗。因此凡是平日有些名头的把势去访他，他必带着几个杀气腾腾的徒弟在身边，他自己却宽袍缓带，俨然一个有身份的人物。李、孙两人在当时声名不大，天津、北京的人知道他两人的尚多，东三省人知道的绝少。加以两人的身体，都是平常人模样，并没有雄赳赳、气昂昂的神气，盖三省没把他两人放在眼里，大着胆独自出来相会。孙福全看盖三省虽是道家装束，然浓眉大目，面如煮熟了的蟹壳，颔下更长着一部刺猬也似的络腮胡须，益发显得凶神恶煞的样子。孙福全看他的模样虽是凶恶，但是走近身见礼，觉得没有逼人的威风。彼此通姓名，寒暄几句之后，渐渐地谈到武艺。盖三省那种自负的神气，旋说旋表演他自己的功架，目中不但没有李、孙两人，简直不承认世间有功夫在他之上的人物。李禄宾看不出深浅，不住地拿眼望孙福全。孙福全只是冷笑，等到盖三省自己夸张完了，才从容笑问道："你也到过北京吗?"盖三省哈哈笑道："北京如何没到过？贫道并在北京前后教了五班徒弟，此刻都在北京享有声名。"孙福全故作惊讶的样子说道："在北京有声名的是哪几个?"盖三省不料孙福全居然追问，面上不由得露出些不快的样子，勉强说了几个姓名。孙福全冷笑了一声道："北京不像吉林，要在北京享声名，倒不是一件容易的事，请问你在北京的时候，见过董海川、郭云深及杨班侯兄弟吗?"盖三省随口答道："都见过的。"孙福全道："也谈论过功夫,较量过手脚吗?”盖三省扬着胳膊说道:“当今的好手,不问是谁,十九多在贫道手里跌过跟斗的。贫道打倒的人多,姓名却记不清楚了。”孙福全即大声说道:“我两人就是董海川、郭云深徒弟,因听说你打倒的好手很多,特地从北京来领教你几手,想你打倒的好手既多,必不在乎我们两个,请你顺便打倒一下何如?”

盖三省想不到这样两个言不惊人、貌不动众的人物,大话竟吓他们不倒,一时口里说不出不能打的话来,正在踌躇如何回复,孙福全已向李禄宾使眼色。李禄宾知道是示意教他放心动手,即立起身来,将上身的衣服脱下,紧了紧纽带,对盖三省问道:“在什么地方领教呢?”盖三省被这样一逼,只得自己鼓动自己的勇气,也起身将道袍卸下,说道:“我看两位用不着动手,大家谈谈好了,若认真动起手来,对不起两位,人有交情可讲,拳脚实没有交情可讲。两位多远的道路到这里来,万一贫道功夫不到家,失手碰坏了两位的贵体,贫道怎么对得起人呢?”孙福全笑道:“我两人都是顽皮粗肉,从来不怕碰不怕撞,其所以多远的道路跑来,就是为要请你多碰撞几下。你我初次见面,没有交情可讲,请你不可讲交情。若因讲交情不肯下手,倒被我们碰坏了贵体,那时人家一定要责备我们,说我们不懂得交情。”盖三省一听孙福全这话,知道这两人不大好惹,想把几个徒弟叫到跟前来,一则好壮壮声威,二则到了危急的时候,也好上前混斗一场,也免得直挺挺地被人打败难看。只是当初出来相会的时候,不曾把徒弟带在身边,此时将要动手了,欲到里面去叫徒弟,面子上也觉得有些难为情。正在左右为难的时候,喜得他的几个徒弟虽不曾跟在他身边出来会客,但是都关心自己师傅,一个个躲在隔壁偷瞧偷听,此时知道要动手了,都在隔壁咳嗽的咳嗽,说话的说话,以表示相离不远。盖三省听了,胆气登时壮了许多,对孙、李二人说道:“两位既是定要玩玩,贫道也不便过于推辞,这里面地方太小,施展不来,请到外面草场中去吧。”孙福全偷着向李禄宾努嘴,教他将脱下的衣服带出去。三人同走到草场,只见草场周围,就和下围棋布定子的一样,已立了七八个凶神恶煞一般的汉子在那里,都是短衣窄袖的武士装束。孙福全一看这情形,就猜出了盖三省的用意,是准备打败了的时候,大家一拥而上,以多为胜的。细看那些壮汉眉眼之间,没有丝毫聪悟之气,都是些蠢笨不堪的东西,暗想这种蠢材断练不出惊人的技艺,专恃几斤蛮力的人,纵然凶猛,纵然再多几个,又有什么用处?李禄宾看了那七八个壮汉的神情,心里便有些害怕起来,走过孙福全跟前低声说道:“草场上站的那些人,如果帮助盖三省一齐打起来,怎么办呢?”孙福全笑道:“不打紧,他们一齐来,我们也一齐对付便了,怕什么呢?我有把握,你只放胆与盖三省动手,他们不齐拥上来便罢。如果齐拥上来,自有我出来对付,你用不着顾虑。”

李禄宾平日极相信孙福全为人，主意很多，照他的主意行事，少有失败的，见他说不怕，说有把握，胆气也登时壮了，跳进草场对盖三省抱拳说道："我因拳脚生疏，特来领教，望手下留情。"说着立了个架式，盖三省也抱了抱拳，正要动手，孙福全忽跳进两人中间，扬着臂膀说道："且慢，且慢！"盖三省愕然问道："什么事？"孙福全指着立在草场周围的七八个壮汉问道："这几位老兄是干什么事的？"盖三省道："他们都是贫道的小徒，因知道两位是北京来的好手，所以想到场见识见识。"孙福全笑道："看是自然可以看的，不过我见他们都显出摩拳擦掌、等待厮打的样子，并且你们还没动手他们就一步一步逼过来，简直是准备以多为胜的神气，所以我不能不出来说个明白。如果你们这里的规矩，从来是这么几个打一个，只要事先说明白，也没要紧，因为我们好自己揣度自己的能耐，自信敌得过就动手，敌不过好告辞。若是这般行同暗算，我等就自信敌得过也犯不着。为什么呢？为的从来好手和人较量，绝不屑要人帮助；要人帮助的，绝非好手。既不是好手，我们就打胜了一百八十，也算不得什么？"这几句话，说得盖三省羞惭满面，勉强装出笑容说道："你弄错了，谁要人帮助，你既疑心他们是准备下场帮助的，我吩咐他们站远些便了。"说着向那些徒弟挥手道："你们可以站上阶基去看，不要吓了他们。"孙福全笑道："好呵，两下打起来，拳头风厉害，令徒们大约都是初学，倘若被拳脚误伤了,不是当要的。”那几个徒弟横眉怒目地望着孙福全,恨不得大家把命拚了,也要将孙李两人打败,但是见自己师傅都忍气不敢鲁莽,只得也各自按捺下火性,跑上阶基看盖三省与李禄宾两人动手。李禄宾为人虽比孙福全鲁莽,只是他和人较量的经验很多,眼见盖三省的身体,生得这般高大,这般壮实,料知他的气力必不寻常,若与他硬来,难免不上他的当。李禄宾最擅长的拳脚,是李洛能传给他的“游身八卦掌”。这游身八卦掌的功夫,与寻常的拳脚姿势,完全不同。不练这游身八卦掌便罢,练就得两脚不停留地走圈子,翻过来,覆过去,总在一个圆圈上走。身腰变化不测,俨如游龙,越走越快,越快越多变化。创造这八卦掌的,虽不知道是什么人,然其用意,是在以动制静。因为寻常的拳脚功夫,多宜静不宜动,动则失了重心,容易为敌人

所乘。创造这八卦掌的人，为要避免这种毛病，所以创造出这以动制静的拳式。这类拳式的功夫，完全是由跑得来的。单独练习的时候，固是两脚不停留的，练多么久，跑多么久，就是和人动起手来，也是一搭上手便绕着敌人飞跑。平时既练成了这类跑功夫，起码跑三五百个圆圈，头眼不昏花，身腰不散乱。练寻常拳脚的人，若非功夫到了绝顶，一遇了这样游身八卦掌，委实不容易对付。李禄宾平常和人较量因图直截了当，多用董海川、郭云深传给他的形意手法，这回提防盖三省的手头太硬，不敢尝试，便使出他八卦的手法来。盖三省刚一出手，李禄宾就斜着身体跑起圈子来。盖三省恐怕敌人绕到背后下手，不能不跟着转过身来，但是才转身过来，李禄宾并没停步，跑法真快，又已转到背后去了。盖三省只得再转过来，打算直攻上去，不料李禄宾的跑法太快，还没瞧仔细又溜过去了，仅被拖着打了十来个盘旋。李禄宾越跑越起劲，盖三省已觉天旋地转，头重脚轻了，自己知道再跟着打盘旋，必然自行跌倒，只好连忙蹲下身体，准备李禄宾打进来，好一把揪扯着，凭蛮力来拼一下。他身体刚往下蹲，尚不曾蹲妥当的时候，李禄宾已踏进步来，只朝着盖三省的尾脊骨上一腿踢来，扑鼻子一跤，直向前跌到一丈开外。因着盖三省身往下蹲，上身的重量，已是偏在前面，乘势一腿，所以飞到一丈开外，其势自然收煞不住。这一跤摔下，头眼益发昏花了，一时哪里挣扎得起来呢？那些

徒弟立在阶基上看着，也都惊得呆了，不知道上前去拉扯。还是孙福全机灵，连忙上前，双手握住盖三省的胳膊往上一提，盖三省尚以为是自己的徒弟来扶，借着上提之力跳了起来，恨恨地说道："不要放这两个东西跑了！"孙福全接声笑道："我两人还在这里等着，不会跑。"盖三省回头一看是孙福全，更羞得满面通红，现出十分难为情的样子，却又不肯说低头认输的话，咬牙切齿地对李禄宾说道："好的，跑得真快，我跑不过你，再来较量一趟家伙罢，看你能跑到哪里去！"李禄宾道："较量什么家伙，听凭你说罢。"

盖三省还踌躇着没有回答，不料立在阶基上的几个徒弟，都是初生之犊不畏虎，加以平日曾屡次听得盖三省说，生平以单刀最擅长，不知打过了多少以单刀著名的好手。以为盖三省拳虽敌不过李禄宾，他自己既说出要较量家伙，单刀必是能取胜的，遂将盖三省平日惯用的单刀提了出来，即递给盖三省。盖三省接在手中,将刀柄上的红绸绕了几下,用刀尖指着李禄宾说道:“看你惯使什么是什么,我这里都有,你只说出来,我就借给你使。”几个徒弟立在旁边,都望着李禄宾,仿佛只等李禄宾说出要使什么兵器,就立刻去取来的样子。李禄宾却望着孙福全,其意是看孙福全怎生表示。孙福全并不对李禄宾表示如何的神气,只很注意地看着盖三省接刀握刀,用刀指人的种种姿势,随即点了点头,对李禄宾道:“我们不曾带兵器来,只好借他们的使用。”李禄宾道:“借他们的使用,但怕不称手。”孙福全遂向那几个徒弟说道:“你们这里的兵器,哪几样是我这师兄弟用得着的,我不得而知,刀枪剑戟,请你们多拿几件出来,好拣选着称手的使用。”几个徒弟听了,一窝蜂地跑到里面去了。不一会,各自捧了两三件长短兵器出来,搁在草地上,听凭李禄宾拣选。李禄宾看那些捧出来的兵器,都是些在江湖上卖艺的人摆着挣场面的东西,竟没一件可以实用的,不由得笑了一笑摇头道:“这些东西我都使不来。”盖三省忍不住说道:“并不是上阵打仗,难道怕刀钝了杀不死人吗?你不能借兵器不称手为由,就不较量。”李禄宾愤然答道:“你以为我怕和你较量吗?像这种兵器,一使劲就断了,怎么能勉强教我使用?你若不信,我且弄断几样给你看看。”说时顺手取了一条木枪,只在手中一抖,接着咯喳一声响,枪尖连红缨都抖得飞过一边去了,便将手中断枪向地上一掼道:

"你们说这种兵器教我怎么使？我与其用这种枯脆的东西，不如用我身上的腰带，倒比这些东西牢实多了。"即从腰间解下一条八九尺长的青绸腰带来，双手握住腰带的中间，两端各余了三四尺长拖在草地上说道："你尽管劈过来，我有这兵器足够敷衍了，请来罢！"盖三省急图打败李禄宾泄愤，便也懒得多说，一紧手中刀，就大踏步杀将进来。李禄宾仍旧用八卦掌的身法，只往旁边溜跑，也不舞动腰带。盖三省这番知道万不能再跟着打盘旋，满想迎头劈下去，无奈李禄宾的身法、步法都极快，不但不能迎头劈下，就是追赶也追赶不上，一跟着追赶，便不因不由地又打起盘旋来了。这番李禄宾并不等待盖三省跑到头昏眼花，自蹲下去，才跑了三五圈，李禄宾陡然回身将腰带一抖，腰带即上了盖三省握刀的脉腕，顺势往旁边一拖，连人带刀拖得站立不住，一脚跪下，双手扑地，就和叩头的一样。李禄宾忙收回腰带，一躬到地笑道："叩头不敢当。"孙福全道："这是他自讨苦吃，怨不得我们，我们走吧。"一面说，一面拖着李禄宾走出庙门而去。

铁拐杖祖母饯别

桂武是清朝的时候，江西南康人，父名绳祖，曾做过大名知府。他生性喜欢武艺，所以取名一个武字。在十五岁的时候，因一桩盗案牵连，被收在监里，等到释放出来，又因不善经营家计，把所有产业耗费完尽，没奈何，只得卖艺糊口。这年在华容地方遇见甘瘤子，遂做了甘瘤子的赘婿，和甘联珠结婚。

桂武在甘家住了两年，看出了甘瘤子父子的行动，等夜深人都睡了，轻轻将自己曾被盗累，及害怕的心思，对甘联珠说了。甘联珠初听时，惊得变了颜色，停了好一会，问道："你既害怕，打算怎样呢？"桂武道："你能和我同逃么？"甘联珠连忙掩桂武的口道："快不要做这梦想，你我的本领，想逃得出这房子么？依我说你尽可不必害怕，料不致有拖累你的时候。然而你既有了这个存心，勉强留你在这里，你心里总是不安的。你心里一不安，我家里就更不得安了，自是以走开的为好。我嫁了你，还有什么话说。俗话说得好：'嫁鸡随鸡，嫁狗随狗。'不用说，你走我也得跟着走。不过逃是万分逃不了的，无论逃到什么地方，

也安不了身。我父亲和哥哥明日须动身出门,得十天半月才能回来,等他二人走了,你去对祖母说:‘我的年纪,瞬眼就三十岁了,不能成家立业,终年依靠着丈人家度日,虽蒙祖母及丈人丈母青眼相看,不曾将我作外人看待。然我终年坐吃,心里总觉难安,并且追念先父母弃世的时候,遗传给我的产业,何等丰厚,在我手里,不上几年,弄得贫无立锥,若再因循下去,不发奋成家立业,如何能对得住九泉之下的亡父亡母咧!因此决意来拜辞祖母和两位丈母,出外另寻事业。’你是这般向祖母说,看祖母怎生答白,我们再来商议!”桂武听了,很以为然。

次日一早,甘瘤子果带着儿子甘胜出门去了。桂武趁这时机,进里面拜见了甘二娭毑——甘瘤子的母亲——即将甘联珠昨夜说的话，照样说了，说时触动了自己的心事，两眼竟流下泪来。甘二嫔驰绝不踌躇，点头答道："男儿能立志，是很可嘉尚的。你要去，你妻子自应同去，免得你在外面牵挂着这里，不能一心一意地谋干功名。只看你打算何时动身，我亲来替你饯行便了。"桂武心里高兴，随口答道："不敢当，打算就在明天动身。"甘二嫔驰笑着说好。桂武退出来，将说话时情形，一一对甘联珠说了。甘联珠一听，就大惊失色道："这事怎么了！"桂武道："祖母不是已经许可了吗，还有什么不了呢？"甘联珠叹道："你哪里知道我家的家法，你去向祖母说的时候，祖母若是怒容满面，大骂你滚出去，倒没有事。于今她老人家说要饯行，并说要亲来饯行，你以为这饯行是好话吗？在我们的规矩，要这人的性命，便说替这人饯行，这是我们同行的黑话，你如何知道？"说着就掩面哭起来。桂武道："祖母既不放我们走，何妨直说出来，教我们不走便了，为什么就要我们的性命呢？"甘联珠止了哭泣道："我父亲招你来家做女婿，是这爱慕你的武艺，又喜你年轻，想拉你做一个得力的帮手。奈两年来，听你说话，皆不投机，知道你是被强盗拖累了，心恨强盗的人，所以不敢贸然拉你帮助。然两年下来，我家的底蕴，你知道得不少，你一旦说要走，谁能看得见你的心地？相投的必不走，走的必不相投，我全家的性命，不都操在你这一走手里吗？安得不先下手替你饯行呢！"桂武这才吓坏了，口里也连说:“这事怎么了!”

甘联珠踌躇了一会,勉强安慰着桂武说道:“事已至此,反悔是反悔不了。唯有竭力做去,走得脱,走不脱,只好听之天命,逃是不能逃的。好在父亲和哥哥出门去了,若他二人在家,我等就一辈子也莫想能出这房门。”桂武定了定心神,问道:“父亲的本领,我知道是无人及的;哥哥的本领大约也是了不得,我自信不是他们的对手。但是他二人既经出门去了,家中留着的全是些女眷,我就凭着这一条铁棍,不见得有谁能抵得我住。你说得这般着重,毕竟还有什么可怕的人物在此,我不曾知道呢?”甘联珠道:“哪有你不知道的人物,不过你刚才不是说,祖母曾说要亲自替你我饯行吗?除了父亲哥哥,就只祖母是最可怕的了,你难道不知道吗?”桂武吃惊道:“祖母这么大的年纪,我只知道她走路还得要人搀扶,谁也没想到她有甚可怕的本领!”甘联珠笑道:“岂但祖母,我家的丫头都没有弱的,外人想要凭本领打出这几重门户,可说是谁也做不到。你莫自以为你这条铁棍有多大的能耐!”桂武红了脸,心中只是有些不服,但是也不敢争辩。甘联珠接着说道:“你既向祖母说了明日动身,明日把守我这重房门的,必是我嫂嫂。我嫂嫂的本领虽也了得,我们不怕她,她曾在我跟前输过半手,便没你相帮,也不难过去。把守二重的估料是我的生母,她老人家念母女之情,必不忍认真难为我,冲却过去,也还容易,却是你万不可动手，你只看我的举动，照样行事。三重门是我的庶母，她老人家素来不大愿意我，一条枪又神出鬼没，哥哥的本领就是她传出来的，我父亲有时尚是怕她。喜得她近来右膀膊上，害了一个酒杯大的疮，疼痛得厉害，拈枪有些不便当。我二人拚命地招架，一两下是招架得了的，久了她手痛便不妨事了。最可怕就是把守头门的祖母，她老人家那条拐杖，想起来都寒心，能冲得过去，是我二人的福气，不然，也只得认命，没有旁的法想。你今夜早些安歇，养足精力，默祷九泉下的父母保佑桂氏一脉的存亡，就在此一举。"桂武听了，惊得目瞪口呆，暗想"我在此住了这么久，不仅不知道这一家眷属都有如此惊人的本领，连自己妻子也是个有本领的人，尚一些儿不知道，可见得我自己的本领不济，并且过于粗心"。这夜甘联珠催着桂武早些安歇，桂武哪里睡得着，假寐在床上，看甘联珠的举动。只见甘联珠将箱子打开，拣出许多珠宝做一大包袱捆了，又拣了许多捆成一个小包袱，才从箱底下抽出两把雪亮也似的刀来，压在两个包袱上面，一会儿收拾完了，方解衣就寝，也不惊动桂武。桂武等甘联珠睡着了，悄悄地下床，剔亮了灯光，伸手去提那刀来看，一下没提动，不禁暗暗诧异道："我的力不算小，竟提这一把刀不动，还能使得动两把吗？"运足了两膀气力，将那刀双手拿起来，就灯光看了一看，即觉得两臂酸胀，心里实在纳罕！像联珠这么纤弱的女子，两指拈一根绣花针，都似乎有些吃力的模样，居然能使得动这么粗重的两把刀吗？我自负一身本领，在江湖上目中无人，幸得不曾遇着这一类的人，遇着了，就不知要吃多少的苦恼。一时想将手中的刀，照原样搁在包袱上，哪里能行呢！两膀一酸胀，便惊颤儿不能自主，那刀沉重得只往下坠，两手不由得跟着那刀落下去，刀尖戳在地下，连墙壁都震动了。甘联珠一翻身坐起来，笑问道："不曾闪了腰肢吗？"桂武心里惭愧得很，口里连说没有。甘联珠拉桂武上床笑道："我教你好生安息一夜，你为什么要半夜三更爬将起来看刀呢？你听，不是已经鸡叫了吗？"桂武搭讪着上床，胡乱睡了一觉，已是天光大亮。二人起床结束，甘联珠提了那个小包袱，给桂武道："你把这包袱，驮在背上，胸前的结须打得牢实，免得动起手来，致碍手碍脚。这里面的东西，够我二人半生的吃着了。"桂武接在手中，觉得也甚沉重，依着甘联珠的话，结缚停当，一手提了带来的铁棍。只见甘联珠驮了那个大包袱，一手拈了一把刀，竟是绝不费事，回头向桂武说道："你牢记着，只照我的样行事，我不动手，你万不可先动手。"桂武此时已十分相信自己的本领不济，哪里还敢存心妄动，忙点头答应"理会得"。

甘联珠将右手的刀，并在左手提了，腾出右手来，一下抽开了房门的闩，随着倒退了半步，呀的一声，房门开了。桂武留神看门外，只见甘胜的妻子，青巾裹头，短衣窄袖，两手举一对八棱铜锤，堵门立着，满面的杀气，使人瞧着害怕！

全不是平日温柔和顺的神气，倒竖起两道柳叶眉，用左手的铜锤，指着甘联珠骂道：“贱丫头恋着汉子，就吃里爬外，好不识羞耻！有本领的，不许惧怯，来领受你奶奶一锤。”甘联珠并不生气，双手抱刀，拱手答道：“求嫂嫂恕妹子年轻无状，放一条生路，妹子报德有日。”甘胜的妻子哪里肯听，更厉声喝道：“有了你，便没有我，毋庸饶舌，快来领死。”甘联珠仍不生气说道：“人生何地不相逢，望嫂嫂恕妹子出于无奈。”桂武在旁，只气得紧握着那条铁棍，恨不得一下将甘胜的妻子打死，只因甘联珠有言吩咐在先，不敢妄动。甘胜的妻子经甘联珠两番退让，气已渐渐地平了些，锤头刚低了一下，也是说时迟那时快，甘联珠已一跃上前，双刀如疾雷闪电般砍下。甘胜妻子方悟到甘联珠是有意趁她不备，自己

锤头着了一下刀背，被甘联珠抢了上风，勉强应敌了几下，料知不能取胜，闪身向后一退，气愤愤地骂道："贱丫头诡谋取胜，算不了本领，暂且饶你走罢。"甘联珠也不答白，见让出了一条去路，即冲了出来。桂武紧跟在后面，回头看甘胜的妻子，已香汗淋漓地走了。

二人走到二重门，果是甘联珠的生母，挺枪当门而立，面上也带怒容。甘联珠离开一丈远近，就双膝跪在地下，叩头哀求道："母亲就不可怜你女儿的终身吗?"她母亲怒道："你就不念你母亲养育之恩吗?"桂武见甘联珠跪下，也跪在后面。甘联珠跪着不起，她母亲撒手一枪，朝甘联珠前胸刺来，只听得叮当叮当一阵响，甘联珠随手将枪头一接。原来是一条银漆的木枪头，枪头上悬着一串金钱珠宝，被甘联珠一手将枪头折断，那金银钱珠宝跟着到了手中，她母亲闪开一条去路，二人皆从断枪底下蹿了出来。

甘联珠收了枪头和金钱珠宝，直奔第三重门，她庶母倒提着一条笔管点钢枪，全副精神，等待厮杀的样子。甘联珠不敢走近，远远跪下说道："妈妈素来是最喜成全人家的，女儿今日与女婿出去，将来倘有寸进，绝不敢忘妈妈的恩德，求妈妈成全了女儿这次!"她庶母将枪尖一起，指定甘联珠骂道："家门不幸，养了你这种无耻贱人。今日我是成全了你，只怕明日我甘家就要灭门绝户了。我知道你的翅膀一齐，就要高飞，但是你也得问过老娘手中这个伙伴，它肯了，方能许你高飞远走呢。”甘联珠又叩了一个头说道:“女儿便有天大的胆量,又不曾失心疯,怎敢与妈妈动手,只求你老人家开恩,高抬贵手,女儿就终身感德。”甘联珠一面哀告,一面将手中双刀,紧了一紧。桂武跪在旁边见了,也紧了紧手中棍,准备厮杀。只见她庶母一抖手,枪尖起了一个碗大的花,连声喝道:“来,来! 我不是你亲生母,不能听你的花言巧语。”旋骂旋用枪直刺过来,甘联珠一跃避开四五尺,双手一抱说道:“那就恕女儿、女婿无礼了,两把刀翻飞上下,风随刀发,满地尘埃激起,如狂风骤雨,如万马奔腾,连房屋都摇动起来。桂武也带发了性子,使动手中铁棍,争先杀上,一来欺她庶母是个女子,二来听得甘联珠说,她右膀害疮,所以自己的胆壮起来。一铁棍劈去,却碰了枪尖,就仿佛碰在一块大顽石上一般,铁棍反了转来,险些儿碰到自己的额头上,虎口震出了血,两条臂膊都麻了,暗地叫了声:“哎呀! 好厉害的家伙!”忙闪身到甘联珠背后。甘联珠一连两刀,架住了笔管枪,向桂武呼道:“此时不走,更待何时!”桂武闻言,哪敢怠慢,一伏身,从刀枪底下,蹿出第三重门外,只听得她庶母骂道:“好! 丫头,你欺你老娘手痛,如此偷逃。看你父亲哥哥回来,可能饶你,许你们活着。”甘联珠没回答,撇了她庶母也蹿到外面,揩干了头上香汗。甘联珠说道:“我们须在此休息片刻,才好去求祖母开恩。她老人家那里,就真不是当要的。”桂武刚才碰了那一枪尖,出来自看手中铁棍,已碰了一个寸来长五分多深的大缺口,棍头也弯转来了,不觉伸出舌头来,半晌缩不进去。暗想:“联珠说她祖母的本领更可怕,亏得我在她庶母手里试了一下,不然,若在她祖母跟前出手,真要送了性命,还不知道是如何死的呢!”

桂武正在思量着,甘联珠来了,听得说要休息片刻,才好去求祖母开恩的话,慌忙问道:“万一她老人家不许,将怎么办啊?”甘联珠知道他已成惊弓之鸟了,心里若再加害怕,必然慌得连路也不知道走,只得安慰他道:“我要休息片刻,就是为的怕她老人家不许。论我的本领,抵敌她老人家,原是差得甚远,不过但求得脱身,只要你知道见机,有隙就走,不要和刚才一般,直到我喊你走,你才提脚。你出了头门,我一个人是不妨事的。”桂武心神略为安定了些儿,说道:“你若也和刚才一样,能将祖母的拐杖架住,我准能很迅速地逃出去,已经历过一次,第二遭便知道见机了。”甘联珠点头,只是面上很带着忧容。其实甘联珠知道自己的本领,万分不是祖母的对手,两把刀的许多路数,一到她祖母的拐杖跟前,从来是一下也旋展不来。但是甘联珠何以主张桂武去向她祖母作辞,敢跟着来冒这种大险呢!其间有一个大缘故,因为甘瘤子的独脚强盗,原是继承祖业。他们这种生涯,比较绿林中成群结党的强盗,还要危险十倍。绿林强盗是明目张胆的,尽管官厅和百姓都知道他们是强盗,他们仗着人多,依山凭险,官兵奈何他不得,即有时巢穴被官兵捣毁了,他们别觅一处险阻的地方,啸聚起来,旧业不难立时恢复。至于甘瘤子这种独脚强盗就不然,他们分明是个极凶狠的强盗,表面上却对人装出绅耆样子,和一般平民住在一块,有田亩,有房屋,也一般的完粮纳税,并和官绅往来。凡是绿林强盗的防御工程,一些儿也没有设备。他们的防御,就全在秘密,丝毫不能露出形迹,给外人知道;若外面一有了风声,他们便没命了。所以甘瘤子一家人,全是一个统系的。甘瘤子招桂武做赘婿,因见桂武年纪轻,父母都死了,没有挂碍,本领虽不见得十分高强,然年轻人,精研容易。原算招赘做女婿后,渐渐探问桂武的口气,若肯上自己这一条门道,就告知自己的行为给他听,再传给他些本领,好替甘家做个贴己的帮手。当时以为桂武年轻没把握,又为怜爱着娇妻,断没有不肯上自己这条门道之理,谁知几次用言语探问,桂武不知就里,总是说到强盗,便表示恨入骨髓的样子。后来桂武渐渐看出了些甘家父子的举动,虽不大当着人表示恨强盗了,然而表同情的意思,却始终不曾露过一言半句,甘家父子料知是不能用作自己帮手,绝口不再来探问了。甘联珠见丈夫立志不做强盗,她也是一个有志气的女子,怎么肯劝丈夫失节呢!丈夫既是不做强盗,独脚强盗家里,势不能容非同道的人,久住在家里碍眼。桂武若只知道贪图温饱,甘联珠知道就在甘家住一辈子,自己父兄也不会有旁的念头。无奈桂武硬说出心中害怕，决计要离开这里的话来，所以甘联珠不由得踌躇了好一会，才主张等父兄出了门，即去向祖母作辞。甘联珠踌躇的，是心想就勉强将桂武留住，他是一个公子哥儿出身，不知道厉害，心里又恨的是强盗，万一父兄有了旁的念头，更是危险得没有方法解免。此时光明正大地作辞出去，危险自是危险，然尚可望侥幸脱身。这也是古人说的“女生外向”，大凡女子一嫁了丈夫，一颗心就只顾婆家，不顾娘家了。

当下甘联珠同桂武休息了片刻，不敢迟缓，急忙紧了紧包袱的结头，绰手中刀，直奔头门而来。桂武不敢再作抵抗之想，只见她的祖母拦门，坐在一把太师椅上，左手支着一条茶杯粗细的拐杖，黑黝黝的也不知是钢是铁，有多少斤重量；右手拈着一根旱烟管，在那里掀着鳜鱼般的阔嘴吸烟，那旱烟管也足有酒杯粗细，迷离着两眼，似乎被烟熏得睁不开来的样子。甘联珠跪下去叩头，就像没有看见，桂武也只得跟着跪下。甘联珠才待开口哀求，她的祖母已将旱烟管一竖，问道：“你们来了吗？你们要成家立业，很是一件好事。你们要知道，我家一份家业，也不是容易成立起来的。我活到九十多岁，你们还想我跌一跤去死，这事可是办不到。”甘联珠哭着说道：“孙女和孙女婿，受了祖母、父母养育大恩，粉身碎骨，也难报万一，怎敢如此全无心肝，去做那天也不容的事。”她的祖母用拐杖一指，喝道：“住嘴！你祖母、

父母一生做事,尽是天也不容的事,你们既不存心教我跌一跤去死,我于今已九十多岁了,能再活下几年。你们为什么不耐住几年,等我好好地死在家里了,才去成家立业呢?不见得此时就有一个家业,比我这里还现成的,在外面等着你们去成立!你们既存心和我过不去,自是欺我老了无用。也好!倒要试试你们少年人的手段看看。”说时,已立起身来,只吓得桂武浑身发抖,三十六颗牙齿厮打得咯咯地响。甘联珠仍跪着不动地哭道:“祖母要取孙女的性命,易于踏死一个蚂蚁。”她的祖母哪许甘联珠说下去,举拐杖如泰山压顶,朝甘联珠头上打下来。甘联珠只得用一个鲤鱼打挺身法,就地一侧身,咬紧牙关,双手举刀,拚命往拐杖一架。甘联珠心里,以为桂武见已将拐杖架住,会趁这当儿逃走,谁知桂武被吓得只在那里发抖,不敢冒死从拐杖下蹿出去。甘联珠刀背一着拐杖,两臂哪禁受得那般沉重,只压得两眼发花，两耳呜呜地叫，口里不觉喊了一声不好！两脚随着一软，躯体便往后顿将下来，招架是招架不了，躲闪又躲闪不开，明知这一拐杖压将下来，万无生理，只好将刀护住头顶，双眼紧闭，等她打下。就在这闭了眼睛的刹那间，只觉一阵凉风过去，即听得啊呀一声，甘联珠只道是她的祖母不忍下手打自己的孙女，却将孙女婿打死了，心中不由得一痛，连忙睁眼，只见桂武不但没被祖母打死，并且精神陡振，一手拉了自己，往外便蹿，一时也没看清自己祖母为何不动手阻挡，如在梦中似的急窜了两里多路。甘联珠才定了定神，问桂武："是怎样一回事？何以祖母的拐杖打来，我正闭目待死，你却能把我救出来？"桂武笑道："我哪有这般本领，能将你救出来。救我们的是一个白须老头儿呵。"甘联珠道："那么一定是金罗汉了。"于是，二人便匆匆地奔至临湘住下。